D+

dear+ novel
koiwa furachika junjouka・・・・・・・・・・・・

恋は不埒か純情か

彩東あやね

新書館ディアプラス文庫

恋は不埒か純情か

contents

illustration : 高階 佑

【恋は不埒か純情か】
KOIWA
FURACHIKA
JUNJOUKA

汗が好きだ。

こめかみから滴《したた》るのもいいし、うなじや生え際が濡れるのもいい。煩《わずら》わしげな表情でそれを拭《ぬぐ》う仕草を見るのも好きだ。

人の目があろうがなかろうが放出される体液だからこそ、エロティシズムを感じるのかもしれない。夏の暑さにうんざりしているときに、汗にまみれた男に抱きしめられたら、それだけで達してしまう自信がある。ついでに達したことを意地悪な顔で揶揄《やゆ》されて、そのまま押し倒されてしまいたい。

——そこまで考えて、椎名侑人《しいなゆきと》は頬が赤らむのを感じた。

うっかり弱冷車《じゃくれいしゃ》に乗ってしまったせいにちがいない。じわじわと上昇する体温と、自分の首筋辺りから漂う汗の匂いが、あらぬ妄想を呼び込む。官能的なシチュエーションを描いて楽しむのは独り身の習性のようなものだが、いまは朝だ。それも出勤途中の地下鉄の車内。

ハンカチで首筋を押さえ、車窓《しゃそう》に映る自分を見る。

清潔さを意識して整えた鳶色《とびいろ》の髪と、湖水《こすい》のように凪《な》いだ眸《ひとみ》。たいして他人から興味を持たれない分、嫌われることもない。淡々と日々を紡《つむ》ぐ男の顔だ。

きっと椎名は、今日と同じ日を明日も明後日《あさって》も繰り返し、老いていくのだろう。穏やかな内海《ないかい》をゆくヨットのような人生だ。それはけっして不幸ではない。むしろ、幸せともいえる。平穏な日々の積み重ねは、何にも代えがたいものだから。

まさか七つも年下の男に恋をして、好き放題に翻弄《ほんろう》されるとは、この日は夢にも思っていなかったのだ。


「課長、おはようございます」

「おはよう。今日も暑くなりそうだな」

椎名の勤める会社——鹿南《かなん》物産は、コーヒーや紅茶、菓子などの輸入・販売を手がけている。湾に面した港町に本社を置く、中堅《ちゅうけん》どころの地元企業のひとつだ。椎名は三十五歳にして課長という役職を頂戴《ちょうだい》しているので、出世は早いほうだろう。

とはいえ、総務部総務課の課長にすぎない。海外ブランドの嗜好品《しこうひん》や菓子を扱う以上、社内において花形と呼ばれる部署は、海外事業部と営業部だ。椎名自身は、目立たないながらも会社を支える総務という仕事に、やりがいを感じているのだが。

「うん？　柏木《かしわぎ》くんはまだ出勤していないのか」

椎名を入れて七名という小所帯《しょうしょたい》の課のため、ひとり欠けていることにはすぐに気がついた。始業時間を過ぎても課員のひとり、柏木武琉《たける》の姿が見当たらない。

「柏木くんなら、有休なんじゃないですかね。今日辺り、外せない用事があると言っていたような気がします」

柏木と席がとなり合っている相沢《あいざわ》が言うと、課員の佐野《さの》が「あいつ、ちょこちょこ休むよなぁ。先月も有休とってなかったっけ?」と苦笑する。

「佐野くん。有給休暇の取得《しゅとく》は個人の権利だよ。君も必要なときは遠慮なく申請《しんせい》すればいい」

課長として言葉を添えつつ、椎名はデスクの上を探した。

有休なら有休で構わないのだが、柏木から申請書を受けとった覚えがない。椎名の記憶ちがいでない証拠に、未決済の書類を入れるボックスはもちろん、デスクの抽斗《ひきだし》にも申請書は入っていなかった。

「誰かはっきり聞いてないか?」

椎名の呼びかけに、五名とも戸惑いがちな表情で、「いやぁ……」と首を傾《かし》げる。

正直、意外な光景だった。柏木は三年前に中途採用された社員で、年齢は確か二十八。勤務態度はごくごくふつうで、いい意味でも悪い意味でも目立つところはない。

少々ダサめの眼鏡――型の古い黒のセルフレームだ――が見事に似合うほど、地味で冴えない容姿なのだが、体格だけは男らしくしっかりしている。仕事の合間に雑談している姿も見かけるので、それなりに課内の人間とうまくやっているとと思っていたのだが、プライベートに関することは、誰にもしゃべっていなかったのだろうか。

「本人に電話して確認をとってくれ。有休なのか欠勤なのか遅刻なのか分からないのは困る」

「分かりました」

この三年間、柏木は有休を取得することはあっても、無断欠勤と遅刻は一度もない。おおかた申請書の出し忘れだろう。そう答えを出して、椎名は業務を開始すべくデスクのパソコンと向き合ったのだが、「課長、まったく繋《つな》がりません」という相沢の声に眉をひそめる。

「まったくか？」

「ええ。何度かけても繋がりません。社に連絡を入れるようにとメールはしました」

「そうか、分かった。用があって出かけているのかもしれないな」

だが、昼近くになっても柏木からの連絡はなかった。

さすがに椎名も不安になり、柏木のスマートフォンを鳴らしてみるも、やはり繋がらない。緊急連絡先である実家も留守のようで、こちらも応答なしだった。

（参ったな）

会社は、社員に対して安全配慮義務を負っている。

季節は夏。柏木はひとり暮らし。室内で熱中症にかかって身動きできない状態に陥《おちい》っている可能性もある。勤怠《きんたい》に問題のない社員ならなおさらだろう。

ひとしきり考えてから、椎名は椅子の背にかけていたジャケットを掴んだ。

「柏木くんのもとへ行ってくるよ。私が直接安否《あんぴ》を確認する」

人事情報を確認したところ、柏木の暮らすアパートは、こぢんまりとした商店のひしめく下町の一角にあるようだ。生まれも育ちも同県内の椎名は、あの辺りの道が狭くて走りづらいことを知っている。右往左往するのが容易に想像ついたので、早々に社用車をパーキングに停めて、歩くことにした。

スマホのマップでアパートまでの経路を確かめながら、古い商店街を行く。脇道に入り、また次の脇道へというふうに進んでいると、それらしいアパートが見えてきた。

昭和を思わせる佇《たたず》まいの二階建てのアパートだ。築年数はおそらく三十年オーバー。単身者がほとんどなのか、敷地内に子ども用の自転車などは見当たらない。道路に面したところにはシラカシの生垣《いけがき》があり、つなぎ姿の若い男が手入れをしていた。

柏木の部屋は、二〇三号室。ということは二階だろう。作業中の男に会釈《えしゃく》をして、階段をのぼる。夏だというのに玄関の脇にパンパンのごみ袋を二つも放置している部屋があるなと思っていたら、そこが二〇三号室だった。

(……まあ、不問《ふもん》にしようか。プライベートなことだし)

まずはチャイムを鳴らし、ノックをしながら「柏木くん」と呼びかける。

案《あん》の定《じょう》、返事はない。けれどエアコンの室外機が動いていることにほっとした。エアコンが稼働《かどう》しているのなら、室内で熱中症で倒れている可能性は低くなる。

(いや、待て待て。脳卒中《のうそっちゅう》という線も考えられるぞ)

途端に背筋が寒くなるのを感じていると、生垣の手入れをしていた男が階段をのぼってやってきた。

「あなた、柏木さんのお知り合いですか？　困るんですよね、共有部分にごみ袋を放置されると。柏木さん、ときどきこういうことがあるんです」

のっけから噛みつくような口調で言われておどろいた。

「すみません」と反射的に謝り、あらためて男を見る。年齢は柏木と同じくらいだろうか。ひょろりとした体つきの男だ。

「あの、あなたは？」

「大家《おおや》ですよ、大家。うちは祖父の代から、この辺りでアパートを複数経営してるんです」

「ああ、大家さんですか。失礼しました。私は椎名といいます。柏木くんと同じ会社に勤めておりまして――」

と、名刺を差しだす。

大家が興味深そうに名刺に目を落としている間も、椎名は扉を叩き、柏木の名前を呼ぶ。

そのさなか、ふと不快な臭いが鼻腔《びこう》をかすめた。

平常心のときなら、玄関脇のごみ袋が発生源だとすぐに気づいていただろう。だがこのときは、もしや死臭⁉　と焦《あせ》ってしまい、気が気でなくなった。

「大家さん！　お願いします。柏木くんの部屋の鍵を開けてください！」

「えっ、そういうのはちょっと」

「実は柏木くん、会社を無断欠勤しているんです。もしかしてすでに室内で息絶えているかもしれません」

「ええっ！」

大家は目を剝《む》いたのも束《つか》の間、「まさかそんな」と苦笑する。

「寝てるだけなんじゃないですか？　柏木さん、結構遅くまで起きてらっしゃいますよ。明け方まで電気がついてることもざらですし」

「ずいぶん暢気《のんき》なことをおっしゃるんですね。私は何度もチャイムを鳴らしてますし、ノックもしています。そんな環境で熟睡できる人がいるとお思いですか？　どうか鍵を開けてください。手遅れになってからでは遅いんです」

「や、でも」

「一大事なんです。私が責任をとりますから」

椎名のこの言葉が決め手となったらしい。大家は神妙な顔で「分かりました」とうなずくと、階段を駆け下りていく。大家の自宅はごくごく近所にあるようで、五分もしないうちに鍵を手にして戻ってきた。

「では、開けますね」

短い宣言のあと、銀色の鍵が鍵穴に差し込まれる。ガチャッと小さな音が響いた。

「大家さんもいっしょに部屋へ入っていただけると助かります。もし柏木くんの身に何かあった場合、第一発見者が私だけでは心許《こころもと》ないので」

「第一発見者って、そんな」

及び腰の大家の腕をとり、扉に手をかける。

「柏木くん、失礼するよ。椎名だ」

扉を開けると、ぞくっとするほどの冷気に頬を撫でられた。

玄関で靴を脱ぎ、椎名を先頭に廊下を進む。妙に薄暗く感じるのは、カーテンが引かれているせいだろう。ついさっきまで真昼の太陽にさらされていたので、目が慣れない。力を込めてまばたきしたとき、廊下の奥に横たわっている人の足が視界に入り、息を呑む。

「柏木くん！」

咄嗟《とっさ》に踏みだしたものの、三歩も進まないうちに目に映る風景が変わった。したたかに体を打ち、転倒してしまったことに気づく。

「ちょっ、大丈夫ですか⁉」

「く、う……っ」

紙だ、紙。なぜかそこらじゅうに紙が散らばっている。これに足をとられて転んでしまったらしい。苦々《にがにが》しい気持ちで一枚摑みとると、裸の男と女が濃厚に絡《から》み合うイラストが目に飛び込んできて総毛《そうけ》立《だ》った。

（ど、どうしてこんなものが――）

何かをプリントアウトしたもののようだ。ぎょっとして他の紙にも目を走らせる。どれもマンガ風にコマ割りされており、スイカ級のバストを揺らす女性や、女性を組み敷く男性のイラストが描かれていた。

「あれ？　この絵柄ってもしかして」

大家は興味を覚えたのか、一枚拾いあげる。が、椎名にとっては、部下の安否を確かめることが最優先事項だ。忌《い》ま忌ましい猥褻《わいせつ》図画のプリントを払いのけ、廊下を這い進む。

廊下の突き当たりは、ダイニングキッチンになっていた。柏木が仰向《あおむ》けの状態で倒れているのは、ダイニングキッチンととなり合う部屋との境目だ。Tシャツとカーゴパンツという普段着らしいスタイルで、ぐったりしている。

「柏木くん、しっかりしなさい！　いま、救急車を呼ぶから」

スマホをとりだすつもりでジャケットの内ポケットに手を入れたとき、

「っせえな……何ドタバタしてんだよ……」

――確かに聞こえた声にぎょっとした。

しばらく固まってから、下方に目をやる。

柏木のまぶたは閉じられているものの、Tシャツの胸は緩《ゆる》やかに上下している。

ということは、熱中症でもなく脳卒中でもなく、大家の推察どおり、眠っていただけというオチなのだろうか。少し離れたところにぐしゃぐしゃのタオルケットがあったので、何度か寝返りを打っているうちに、ダイニングまで進出してしまったのかもしれない。

（うそだろ、床で寝るなんて……）

冷や汗が滲《にじ》むのを感じながら、あらためて柏木を見る。

眼鏡のない柏木は、意外なことに精悍《せいかん》かつ端整な顔立ちをしていた。

地味で冴えないという印象は、すべてダサめの眼鏡がもたらすものだったらしい。強めの上がり眉で、鼻筋も通っているせいか、目を閉じていても華がある。

（どうしてこんな……男前すぎるじゃないか）

この三年間、自分は柏木のどこを見ていたのだろう。

おそらく眼鏡だ。眼鏡しか見ていなかった——。

どぎまぎしながら初見《しょけん》の顔に見入っていると、柏木が「ん……」と息をつき、身じろぎをした。見守る椎名の前で、初めてまぶたが持ちあがる。

（あ、——）

切れ長の凛《りん》とした目だ。髪と同じ黒色の眸が椎名を捉《とら》える。

まずはおはようと言うべきか。ごくっと唾《つば》を飲んだとき、突如《とつじょ》柏木が「いててて！」と叫んで飛び起きた。

「くっそ！　またコンタクト入れたままだった。うわ、超いてえ！　目薬目薬」

尻尾《しっぽ》を踏みつけられたヘビさながらに七転八倒《しちてんばっとう》する柏木を、唖然《あぜん》として眺める。

（こ、これは……）

まちがいなく生きている。ピンピンしているレベルだ。

思考を凍りつかせる椎名とは裏腹に、柏木は自力で目薬を見つけだしたらしい。急《せ》いた手で左右に二滴《てき》ずつさす。

「はあ……参った」

目薬をさしたことで、完全に目覚めたのだろう。柏木は床の上で正座している椎名に気づくと、「うわ！」と叫び、廊下に佇む大家を視界に捉えると、またもや叫ぶ。

「なな、なんで課長と大家さんが……！　ここ、俺んちですよ!?　どうやって入ってきたんですか！」

「すまない、柏木くん。安否確認だ。私はてっきり君が息絶えてるかと思って」

「は、はあ？」と顔をしかめる柏木に、大家が駆け寄る。

「よかったー！　やっぱり寝てただけだったんですね。ご無事で何よりです」

「ご無事って……あ、や、え？」

いまだ混乱気味の柏木に、大家が満面の笑顔で言う。

「おどろきました。まさか柏木さんがたけもとちん先生だったなんて。実はぼく、大大大ファンなんです！」

たけもと、ちん。

初めて耳にする人名だ。柏木がさっと表情を強張《こわば》らせるのが分かった。

「やめてください、人ちがいです。そんな人、知りません」

「や、でも」

大家は廊下に散らばっていた猥褻図画のプリントをすべて拾い集めたらしい。わざわざ柏木の前にしゃがむと、束《たば》にしたそれをめくってみせる。

「これって、たけもとちん先生がラブラブマガジンで連載されてるマンガの続きですよね？『巨乳っ娘《こ》はいつも即イキ』。ぼく、先週配信された第三話まで読んでるんで分かるんです」

巨乳に即イキ――昼間にそぐわない単語にぎょっとした。

「俺じゃないです！　早とちりしないでください！」

柏木はすぐさまプリントの束を奪いとり、立ちあがる。

だが大家も負けてはいなかった。同じく立ちあがると、壁際に柏木を追いつめる。

「だったらどうして、ちん先生の新作のコピーを柏木さんが持ってるんですか？　第四話はまだラブラブマガジンに掲載されてないんですよ？　あっ、もしかして編集部《なか》の人ってことですか？」

「ノーコメントです。大家さんには関係のないことですから」

床の上で正座したまま、椎名は眉根を寄せる。

柏木の無事は確認できたものの、二人が先ほどから何の話をしているのか、さっぱり分からない。

「柏木くん。ラブラブマガジンというのはなんだい？」

一瞬にして表情を引きつらせた柏木のかわりに、大家が頬を染めて答える。

「ウェブマガジンです。なんていうかその、えっちなマンガばっかり載ってるやつでして」

なるほど。いわゆる成人向けのデジタルコミック誌ということか。

「では、たけもとちんというのは？」

「いま人気のマンガ家さんです。『おとなりの巨乳さん～ナカはぐしょ濡れ～』や、『シェアハウスの極上おっぱい』などは単行本になってますし、ラブラブマガジン以外のウェブ誌でも連載されてます。椎名さんもぜひ一度ご覧になってください。ちん先生は、むっちむちの巨乳美人を描くのが本当にお上手で――」

椎名は、『たけもとちん』が何者なのか尋ねただけだ。

にもかかわらず、横から柏木が「人ちがいだって言ってるだろ！」と叫んだせいで、大家がムキになる。

「ぼくは、ちん先生の大ファンだって言ってるじゃないですか！　新作も旧作もすべて読んでますし、ツイッターだってフォローしてます。ほら、あのデスク！　ツイッターに写真を上げてらっしゃいましたよね？　あっ、マグカップにも見覚えが――」

「ちょおっ！」と叫んだ柏木が、大家の肩を抱く。

柏木はずいぶん長い間、大家の体にもたれかかっていた。もしかして立ったまま眠ってしまったのかと訝《いぶか》ったほどだ。大家が戸惑いがちに「あの、ちん先生？」と声を発して初めて、深いため息をつく。

「大家さん……これ以上は勘弁してください。椎名課長は、俺の上司にあたる人なので」

「わっ、すみません。つい熱くなってしまって」

「外で話をしましょうか。サインくらいならさせていただきます」

「ほ、ほんとですか!?」

ぱっと頬に花を咲かせた大家を連れて、柏木が玄関へ向かう。

（サイン？　……サインって言ったよな）

これはいったいどういうことなのか。部下の安否を確かめることしか頭になかったせいで、不可抗力で得てしまった情報をなかなか処理できない。

ラブラブマガジン。成人向けのえっちなマンガ。むっちむちの巨乳美人。

そしてアダルト系マンガ家の、たけもとちん。

二人がいなくなってから、ようやく椎名は「え……！」と声を上げた。

友人でもない人間の部屋でひとりきりにされるほど、困ることはない。ひとまず立ちあがり、控えめに周囲を見まわす。

（なるほど。あれが大家さんの言ってたデスクか）

ダイニングととなり合った部屋を、柏木は仕事部屋兼リビングとして使っているのだろう。窓際にはライト付きのデスク——椎名が会社で使っているものより、大きなサイズだ——があり、その周りには本や紙の束がいくつも塔をなしている。

（まさかマンガ家だったとは……。それも成人向けの）

廊下でうっかり手にした猥褻図画を思いだしていると、柏木が戻ってきた。

椎名と目が合うと、むすっとした表情で「そこ、座ってくれていいですよ」とダイニングセットを指さし、自分はカーテンを開け始める。

爆睡中のところを上司に起こされて、嫌になる気持ちも分からなくはないが、椎名とて、平日の真っ昼間に会社を抜けだして、上機嫌で部下の部屋に押し入ったわけではない。ようやく健康的な光で満たされたダイニングで椅子を引き、遠慮なく腰をかけさせてもらう。

「柏木くん、説明してくれ。どういうことなんだ」

口火を切ると、柏木が煩わしそうに息をつき、キッチンの壁に背中を預けた。

「それはこっちの科白《セリフ》ですよ。どうして課長に安否確認されなきゃいけないんですか。俺、有休届、出してます」

「出しているだと？　誰にいつどこで。私が受けとってるなら、ここへ来るわけがないだろう。どれほど心配したと思ってるんだ。電話だって何度もかけたんだぞ」

「知りません。休日はスマホの音、消してるんで。有休届なら三日前、課長が離席《りせき》しているときにデスクの上に置きました。もちろん俺のデスクじゃなくて、課長のデスクです」

最後のはあきらかに余計な一言だ。

むっとして眉をひそめたとき、椎名のスマホが鳴った。相沢からだ。柏木に手のひらを向け、電話に出る。

「椎名だ。どうした」

『課長、お疲れさまです。実は先ほど、柏木くんの有休届が見つかりまして。常務宛の書類にまぎれていたそうです』

「……なんだって？」

そういえば三日前、椎名は社内の環境保全に関する報告書を常務に提出したのだ。

来客が重なってばたばたしているときだったので、柏木がデスクの上に置いたという有休届も、報告書といっしょにとめてしまったのかもしれない。

誰かがうっかりまちがえてという線は、ぜったいないと言い切れる。なぜなら、報告書をプリントアウトしたのも椎名なら、常務のもとへ届けに行ったのも椎名だからだ。

「そうか……分かった。ありがとう」

通話を終えると、椎名は両手で髪をかき上げた。

まさに急転直下、久しぶりに味わう気まずさだ。ぐっと強くこめかみを押してから、両手を膝《ひざ》の上に置き、柏木に向かって頭を下げる。

「君の有休届が見つかった。申し訳ない。私の確認不足だ」

ぼそっと小さく、「でしょうね」と呟かれる。頭を上げると、柏木がうんざりした顔つきで煙草をとりだすのが見えた。

「吸ってもいいですか？　いいですよね。ここ、俺んちですし」

「あ、ああ。もちろん」

柏木が喫煙者だということは知っている。

だが今日は私服だ。眼鏡もない。換気扇《かんきせん》の下で倦《う》んだ表情で煙を吸い、吐く姿は、見知らぬ男のようだった。

色褪《いろあ》せたTシャツから伸びる腕はたくましく、肩幅もしっかりある。会社で剝きだしの腕を目にすることはまずないせいか、どぎまぎしてしようがない。まさかビジネスマン然としたスーツ姿より、着古した普段着のほうが見映《みば》えのする男がいるとは――。

柏木の匂い立つ野性味に釘《くぎ》づけになっている自分にはっとして、目を逸《そ》らす。その一瞬前、柏木の視線が椎名を捉えたが、素知らぬふりをした。

あとになって見返すほうが自然だったことに気づき、居心地が悪くなる。

「責任、とってもらいますから」

換気扇に向かって煙を吐きながら、柏木が言う。

「……え？」

「大家さんに言ったんですよね？　課長が責任をとると」

柏木は短くなった煙草をシンクに投げ込むと、キッチンを離れる。しばらくして数冊の本を持ってやってきた。

今度は壁にもたれるのではなく、椎名の向かいに腰を下ろす。

「誰にも話すつもりはなかったんですが、バレたんで言います。ペンネームはたけもとちん。五年前からプロとしてマンガを描いているんです。男性向けの、こういうエロいやつを」

肌色多めのコミックスを目の前に並べられ、あやうく呻《うめ》いてしまうところだった。

アニメを思わせるかわいらしい絵柄ではなく、劇画に近いタッチだ。だからこそ生々しい。

「本当に君が描いたものなのか？」

思わず尋ねると、柏木が椅子を立ち、ちらしとペンを持ってきた。

何をするつもりか。柏木は無言でちらしの裏にペンを走らせている。嫌な予感がして、さりげなく体を後ろへ引く。数十秒後、「どうぞ」と椎名に差しだされたのは、たわわな胸をぶるんと揺らす、人妻風のラフだった。

まさにたけもとちんの絵柄だ。今度は抑《おさ》えが利《き》かず、「ひっ」と声が出る。

「絡みも描きますよ。体位、何がいいですか？」

「いや結構！　……結構だ」

紙の上とはいえ、男女のセックスシーンを見せられてしまったら、ひっ、程度の悲鳴では済まないだろう。なんとか課長の顔をとりもどし、額《ひたい》に浮いた汗をハンカチで拭う。

動転しきりの椎名とはちがって、柏木は淡々としたものだった。

「俺が今日、有休をとったのは、徹夜続きでろくに寝てない自分を想像できたからです。遅れた原稿を朝イチで担当編集者に送信して、そのあと自分用にプリントアウトして——そこから記憶がないんですよね。たぶん床で寝てたんでしょう。目が覚めたら、課長と大家さんが部屋にいて、あとはもう課長もご存じの展開になったわけです」

「……申し訳ない」

頭を下げたことでコミックスの表紙と対面してしまい、すぐに背筋を伸ばす。

「柏木くん。心配しなくても、私は今日のことを誰にも口外《こうがい》しないよ。そもそも、うちの会社は副業を禁じてない。君が余暇《よか》を使ってマンガを描こうがバイトをしようが、自由だ」

「あ、そっちじゃないです」

そっちとはどっちだ。

補足を求めるつもりで見返すと、柏木がテーブルに身を乗りだした。

「俺がたけもとちんってこと、大家さんにバレたじゃないですか。これ、はっきり言って課長のせいですよね？」

強い眼差《まなざ》しを向けられて、「まあ、……だな」とうなずく。

「うちの大家さん、ちょっとふわふわしてるところがあるから心配なんです。あの人にうっかり俺の本名や住所、勤務先をＳＮＳでバラされたら、どうしてくれるんですか？　俺はエロマンガを描いてること、リアルで繋がってる人には誰にも話してないんですよ？」

「誰にも？」

「ええ。俺の友達にエロマンガを読むやつはいないんで。たけもとちんとして仲よくしてる人はいますけど、そっちはそっちで、俺の勤め先までは知らないですし。もちろん、親にもマンガのことは話してません。言えないでしょう、内容が内容なんですから」

ということは、たけもとちんと柏木武琉が同一人物で、彼の個人情報を知っている人間は、出版関係者を除くと、椎名と大家だけだということになる。

（参ったな……）

椎名が常務に報告書を提出する前に、いま一度、中身を確かめていれば、起こらなかったトラブルだ。副業の性質上、柏木本人は慎重に個人情報を管理していたというのに。

「本当にすまない。とり返しのつかないことをしてしまって」

先ほどよりも深く、それこそコミックスの表紙に鼻の頭が触れそうになるほど、頭を下げる。

柏木の長いため息が聞こえた。

「じゃ、なんでもしてくれます？」

「いや、なんでもというわけには……。もちろん、私にできることならさせてもらうよ。君には迷惑をかけたから」

「だったら――」

柏木が目の前に並べたコミックスを椎名の手許《てもと》にスライドさせる。

「これ、全部読んで感想を聞かせてください」

「……は？」

「課長くらいの年齢の人も、ターゲットに据《す》えてるんです。絵柄を見てもらったら分かるとおり、俺は萌え絵系のマンガ家じゃないんで、この路線でいいのか、それとも方向転換したほうがいいのか、悩んでる最中なんですよ。三十代半《なか》ばの独身男性の目に俺のマンガはどう映るのか、そういうのが知りたくて」

「なる、ほど」

マンガを読むことで責任を果たせるのなら、喜んでコミックスを受けとる人間は多いだろう。だが性的対象が同性の椎名にとって、男女もののエロマンガを読むことは至難《しなん》の業《わざ》だ。

表情を曇《くも》らせる椎名をどう思ったのか、柏木が軽い口調で「大丈夫ですよ」と言う。

「今日のことは、これでチャラにするつもりです。有休を申請するなら申請するで、課長に口《こう》頭《とう》で伝えなかった俺もよくなかったですし、大家さんの頭から俺の個人情報を消す術《すべ》がないことも分かってます。これ以上、ゴネませんから」

柏木は言うだけ言うと、椅子を立ち、スーパーのレジ袋を持ってきた。そのなかへ無造作に突っ込んだコミックスを「どうぞ」と椎名に差しだす。

「献本《けんぽん》なんで返却は不要です。そろそろ帰ってもらっていいですか？　俺、まだ寝たいんで」

けっして険《けわ》しい声ではなかったが、有無《うむ》を言わさぬ口調だ。

せめて紙袋にしてくれよと思いながら、レジ袋を受けとる。時間を巻き戻せない以上、受けとるしかなかった。


柏木から渡されたコミックスは、合計七冊。一冊につき、読み切りの短篇が四、五本収録されている。薄目にしてぺらぺらとめくってみたところ、どの短篇にも不自然なほど大きなバストを持つ女性が登場するので、相当の巨乳好きのようだ。

（恐ろしいな……。俺はこれを読むだけじゃなくて、感想もまとめなければいけないのか）

怒濤《どとう》の一日を終えて、椎名は自宅マンションの一室でうなだれた。

柏木がかなりの男前だと分かった日に、実は巨乳フェチでエロマンガ家だったと知ったのは複雑だが、椎名のほうもいままで彼の眼鏡しか見ていなかったので、とやかく言う資格はない。責任をとると宣言したのだから、柏木の希望を叶えてやるのが先決《せんけつ》だろう。

椎名は仕事でも、憂鬱《ゆううつ》な案件をまっさきに片づける。一日延ばせば一日憂鬱が続くし、二日延ばせば二日憂鬱が続くからだ。けれど当日中に片づければ、翌日から平常モードで過ごすことができる。

その結果――。

傍《かたわ》らにペンとメモ紙を用意して、異世界の海を泳ぎ切るべく、まずは一冊目を開く。

「よし、読むか」

椎名はひどい悪夢にうなされて、翌朝寝坊した。

「課長、おはようございます。今日は遅かったですね」

「おはよう。自宅で少々ばたばたしてね」

普段どおりの笑みで応《こた》えつつ、課員が通りすぎたところで顔をしかめる。

エロマンガを読んで寝坊したなど、言えるわけがない。いつもの椎名なら、始業の三十分前にはオフィスに着いている。けれど今日はギリギリの十分前だ。朝食を抜いてなんとか間に合った。一方、柏木はまだのようで、見まわしても姿はない。

(ま、あいつは常に三分前出勤だし)

脱いだジャケットを椅子の背にかけて、コーヒーマシンのある一角へ向かう。

覚悟を決めてエロマンガに挑《いど》んだおかげで、一晩で七冊すべて読むことができたものの、疲労度が桁《けた》ちがいに高い。とにかく濃いコーヒーが飲みたかった。迷うことなくコーヒーマシンの《ストロング》ボタンを押す。

（マンガというものは恐ろしいな。トラウマを植えつけられた気がする）

まさにディープインパクトだ。

目を瞑《つむ》ればふくよかな女体がちらつくし、耳の近くでは勝手に大仰《おおぎょう》な喘《あえ》ぎ声とオノマトペが再生される。昨夜《ゆうべ》見た夢は、肉風船のようなボディーを持つ女性三人に迫《せま》られる内容で、椎名は断末魔《だんまつま》のごとく悲鳴を上げて、ベッドから転げ落ちた。

紙の上に描かれた世界だというのに、この破壊力。気をまぎらわせようと、張りのある男の裸体を想像しても、すぐに女体にすり替わる。はずかしながら自分で自分の体を慰めるのを毎夜の楽しみにしている椎名だが、昨夜は一ミリも性欲を覚えなかった。女体の残像が脳裏《のうり》から消えない限り、椎名のオスはうなだれたままだろう。

げんなりした顔でコーヒーをすすっていると、間近なところから「おはようございます」と声をかけられた。

聞き覚えのある低い声にびくっとし、手許が揺れる。

いつの間に出社したのか。すぐとなりに柏木が立っている。

「課長。昨日はお手間をとらせてしまい、申し訳ありませんでした。次から申請書の出し方に気をつけます」

「ああ、そうしてもらえるとありがたい。貴重な休日の邪魔をされては、君もかなわないだろう。もちろん、私のほうも確認を怠《おこた》らないようにするから」

課長らしく言葉を紡ぎながらも、椎名の心臓はばくばくと動悸を打っていた。

柏木が身につけているのは、おそらく吊るしのスーツだ。眼鏡は相変わらずの、黒のセルフレーム。だがこの眼鏡を外せば、端整な顔立ちだということを椎名は知ってしまった。かなりしたたかで、気の強い性格だということも。

その上、彼の脳内には、巨乳の女性に挑む男のエロスが渦巻《うずま》いていて——。

「俺の本、読んでくれました？」

耳許でささやかれて、ぞくりとした。

「ま、まあ、ざっとだが」

「さすが課長。仕事が早いですね。ぜひ感想を聞かせてください」

「……こんなところで言えるわけがないだろ。会社だぞ」

ひそめた声で返した椎名に、柏木は若者らしく「ですよね」と笑う。

「また俺んちに来てください。課長の感想をじっくり聞きたいので。今週の土曜日空《あ》いてます？　時間はそうですね、昼過ぎがいいな。一時くらい」

「——」

再訪問は想定していなかった。

俺んちという砕《くだ》けた言い方に、換気扇の下で煙草を吸う姿がよみがえる。会社ではまず見せない、倦怠《けんたい》と憂鬱をまとわせた横顔だった。そのくせ、一瞬椎名をかすめた眼差しは射貫《いぬ》くほどに強く、いまでも鮮《あざ》やかに思いだせる。

再訪問すれば、あの日の柏木に会えるだろうか。

ふとよぎった思いにおどろき、慌てて思考を課長モードに戻す。

「感想ならメールで十分だろう。レポートにまとめてもいい。近日中に渡すから」

「それ、課長が決めることですか？　お手軽な方法を選ばれると、複雑なんですけど」

気を損《そこ》ねたらしい眉間《みけん》の皺《しわ》と対面して、はっとする。柏木の言うとおりだ。椎名は責任をとる立場なのだから、余計な注文はつけられない。

「分かった。……分かったよ。土曜日に君の家へ行く」

「ありがとうございます。じゃ、そういうことで」

柏木は頭を下げると、自分のデスクのほうへ歩んでいく。

「あ、柏木、おはよう。昨日課長に起こされたって本当か？」

「ええ。大家さんといっしょに安否確認されました。超びっくりですよ」

笑う柏木の声を背中で聞きながら、椎名はしばらくその場から動けないでいた。

なんとなく——本当になんとなくだが、柏木とプライベートで会うと、柏木のペースに巻き込まれるような気がする。安否確認した日もその翌日も、散々落ち着かない心地を味わったのだ。できるだけ課長としての自分を維持《いじ》したい。考えた末、椎名の選んだ行動は『スーツで出向く』だった。

ビジネスマンにとって、スーツは鎧《よろい》に等しい。

約束の土曜日、午後一時五分前――椎名は平日同様にきっちりネクタイを締めたスタイルで、古アパートの二〇三号室のチャイムを鳴らした。

扉を開けた柏木が目を瞠《みは》る。

「お疲れさまです。今日出勤だったんですか？」

「いや。急な所用で出かけていたんだ」

と、事前に用意していた科白を澄ました顔で口にする。

案内されたのは、大きなデスクのあるあの部屋だった。原稿を提出したあとだからか、安否確認で訪れた日よりも片づいている。

「どうぞ。適当に座ってください」

柏木はラグの上のローテーブルを示すと、素足を鳴らしながらキッチンへ消える。しばらくしてアイスコーヒー入りのグラスを二つ持ってやってきた。ひとつを椎名の前に置く。

「ジャケット、預かりますよ」

「ああ、ありがとう」

他人の家を訪問した際によくあるやりとりだ。特に変わった申し出をされたわけではないのに、すでに椎名の鼓動は忙《せわ》しない。

理由は分かっている。柏木が普段着だからだ。

ほんの少しの動作で弛《たる》んだり張ったりするTシャツに、その下に隠されたごつごつした骨格や、美しい筋肉を想像してしまう。そしてやはり眼鏡をかけていない。はっきりした意志を感じさせる強い目だ。柏木の視線が頬やこめかみをかすめるたび、心拍数が上がっていく。

「君は……目ヂカラが強いな」

思わず言うと、向かいに腰を下ろした柏木が苦笑する。

「よく言われます。黙ってると怒ってるように見えるって。これでも母親似なんですけどね」

「会社では眼鏡で、休日はコンタクトレンズなのか？　ふつうは逆だと思うんだが」

「絵を描くときに眼鏡だと不便なんです。汗でずれるから。原稿をしてないときは、極力目を休めたくて」

本業よりも、副業のほうに重きを置いていると言わんばかりの科白だ。本人も気づいたらしい。「あっ」と小さく呟く。

「これ、人事評価に響きます？」

「まさか。眼鏡だろうがコンタクトだろうが、仕事に差し支えない範囲で使い分ければいい。そもそも今日は休日だから、評価なんてするつもりはないよ」

そうでなければ、椎名が困る。部下のプライベートな姿を知った途端、変に意識をし始めた自分のほうが問題だ。

「さて、始めようか」

乱れた思考にけりをつけ、ビジネスバッグから感想をまとめたレポートをとりだす。

「まず、君の一冊目の単行本、『寝取られ奥さまの桃色おっぱい』。これは全篇、若嫁さんと舅《しゅうと》という組み合わせなんだな。スケベ親父らしい舅の表情、特にニヤリと笑ったときに目許に刻《きざ》まれる皺がよかったと思う。ただ、どの話に出てくる舅も、メタボ体形なのが気になった。六十代くらいなら、もう少し引き締まったボディーでもいいと思うんだが」

「あー、ちょっとジジィにしすぎた感じですかね。実際、気持ち悪いってレビューもあったんですよ。ひとりくらい、紳士っぽい男を寝取り役にすればよかったな」

柏木は言いながら立ちあがり、デスクから紙とペンを持ってきた。再びあぐらをかくと、椎名の感想をメモし始める。

「嫁はどうでした？　二話目の乳輪《にゅうりん》デカめの子、結構人気だったんですけど」

「乳輪……」

男の体にもあるものとはいえ、どうしても女体を想像してしまう。

「わ、私はあまり、そこには興味がなくて」

上擦《うわず》った声で答えると、柏木がペンを走らせる。『課長　乳輪　興味ナシ』と書かれるのが見えた。

「つ……次に進ませてもらうよ。ええっと、巫女《みこ》と氏子《うじこ》の男たちが登場する、『びしょ濡れ巫女さまを征服！』。舞台である神社の描写がとても細やかで好感が持てた。人物以外も柏木くんが描いているのかい？」

「ええ。アシスタントを雇《やと》う余裕なんてないですから」

「へえ、すごいな。入母屋《いりもや》造《づく》りの本殿《ほんでん》は圧巻《あっかん》だったよ。絵葉書を見ているようだった」

柏木がひとつまばたきをして、「……そこ？」と不思議そうな顔をする。

補足のつもりで言ったのだが、ご朱印帳《しゅいんちょう》も持っている」

「神社や仏閣《ぶっかく》が好きなんだ。ご朱印帳《しゅいんちょう》も持っている」

補足のつもりで言ったのだが、柏木の表情は変わらない。しばらく待っても発言する気配がなかったので、進むことにする。

「――で、肝心《かんじん》の男性陣についてだ。前作とは対照的に体格が貧相《ひんそう》すぎやしないか？　メタボもどうかと思うが、華奢《きゃしゃ》なのも見映えが悪いだろう」

「対比ですよ、対比。ガタイのいい男に設定すると、巫女の子のボリューミーな体が目立たなくなるでしょ？　一対一ならともかく、これは複数プレイがテーマなので、野郎の体で爆乳《ばくにゅう》を霞《かす》ませるわけにはいかないんです」

力強く放たれた爆乳という言葉に、すんと思考がオフになった。まるでエアバッグのようにばふっと膨《ふく》らんだ女の乳房が、椎名の頭のなかを塞《ふさ》ぐ。

「なるほど……勉強不足で申し訳ない。女肉に埋《う》もれる感じがポイントなのか」

恐ろしい。恐ろしすぎるシチュエーションだ。先日見た悪夢がよみがえり、思わず強く首を横に振る。

「課長？」

「すまない。水を一杯もらえないだろうか」

「あ、はい」

冷えた水で喉《のど》を潤《うるお》すと、なんとか自分をとり戻すことができた。

「ありがとう。失礼したね」

柏木にグラスを返し、レポートの次のページをめくる。

「三冊目の単行本、『愛淫《あいいん》オフィス』。これはタイトルどおり、オフィスものというジャンルになるのかな。昼日中から、なかなかお盛んな会社だなという印象だ」

「まあ、エロマンガはファンタジーですからね。終業後にこそっとヤッてるだけじゃ、話になりません」

「だろうね。会社の風紀はともかく、スーツスタイルの男は嫌いじゃないよ。三話目に出てくる若社長はなかなかの美形だし、体格もたくましくて素晴らしい。彼の上腕二頭筋《じょうわんにとうきん》には見惚《みと》れたよ。それから性行為に及ぶ際、意地が悪くなるところもいい」

椎名が唯一、薄目にすることなく読めたのがこの短篇だ。

野性的な色香を放つ男には、ついつい目を奪われてしまう。若社長の相手が、二重にも三重にも肉襦袢《にくじゅばん》をまとった女性というのがいただけないが、男女もののエロマンガなので、そこは仕方ない。

「若社長の美しい裸体、そして淫《みだ》らな腰使い……とてもよかったと思う」

しみじみとうなずいたとき、柏木がじっと視線をそそいでいることに気がついた。

なぜか眉間に深い縦皺を寄せている。

「課長、もしかしてふざけてます？」

「まさか。なぜ」

さらりと一読《いちどく》する程度では、感想などまとめられない。このレポートを仕上げるのに、どれほどの時間と労力がかかったと思っているのか。

だが柏木の眉間の皺はほどけない。「あのですね」と前置きをして、太い息をつく。

「いままで課長が言及した部分って、神社の本殿と男キャラだけなんですよ。百歩譲って入母屋造りはいいことにします。苦労して描いたところなので。だけど男キャラは、たいして重要なポイントじゃないんです」

「えっ！」

「え、じゃないでしょう。俺が描いてるのはエロマンガですよ？　どうして野郎ばっか見てるんですか」

柏木は立ちあがると、たけもとちん名義のコミックスを持ってきた。勢いよくページを開き、椎名の眼前《がんぜん》に突きつける。

「分かります？　俺が心血《しんけつ》そそいで描いてるのはこっち！　女キャラのほうです」

「ひ、っ」

恍惚《こうこつ》の表情で喘いでいる巨乳の子を見せられ、尻を使って後ずさりする。

同時に記憶の隅に押しやっていた女体がわらわらと脳内に湧き、あろうことか胃液がせり上がってきた。こんなところで吐くわけにはいかない。なんとか飲み下したものの、柏木は椎名の肩の動きで察したようだ。「うそだろ……」と呟くと、脱力した様子でへたり込む。

「俺のマンガじゃ、勃《た》たなかったどころか吐き気まで催《もよお》したって……くそう、最悪だ。確かに万人《ばんにん》受けする絵柄じゃないけど、俺は俺で真剣にエロに向き合ってて――」

「ちが、ちがうんだ、柏木くん！」

したたかだったはずの男が一転、唇を嚙んでうつむいている。ひどく落ち込ませてしまったことはあきらかで、気が動転した。

「申し訳ない！　実は私は女体がまるでだめなんだ」

声にした途端、カッとこめかみが熱くなる。会社の人間、ましてや部下にカミングアウトすることになろうとは。

束の間の沈黙のあと、柏木が顔を上げる。

いま、なんて言いました？　――そう訊きたげな眸とぶつかり、頬が赤らんだ。意味もなく咳払《せきばら》いをして、もぞもぞと居住まいを正す。

「その、誤解しないでもらいたいんだが、私は女性を否定するつもりはいっさいない。ただ、体つきが受け入れられないんだ。女の人はほら、全体的に丸みを帯びているだろう？　ぷにぷにというか、ぽにょぽにょというか。もったりした肉感がどうにも苦手で」

女体が苦手になったのにはわけがある。

忘れもしない中学生の頃――私鉄を使って、塾通いをしていたときだ。椎名は極めて肉づきのいい三十代くらいの女性に、痴漢《ちかん》行為をされたのだ。それも一度や二度ではない、同じ女性に何度もだ。

彼女は隙あらば、椎名の背中に重量のある体を押しつけてくる。となりに並ばれ、腕にバストを押しつけられたこともあった。

『どう、ボク。興奮するでしょ？　うれしいでしょ？　女の人にこんなことされちゃったら』

そう言わんばかりの自信に満ち溢れた表情で。

やめてください！　気持ち悪いです！　と声に出せるほど、椎名は強い男子ではなかった。

柏木に語っているうちにまざまざと思いだし、苦々しい気持ちになる。

「それ以来、女性が無理になったんだ。正直、抱きたいと思ったことなんて一度もないよ。この際だからはっきり言うが、私の性的対象は男性なんだ。女性をどうこうするくらいなら、たくましい男性に抱かれたいと思ってる」

力なく笑い、柏木にレポートの束を差しだす。

「もらってくれ。君のために作成したものだ。ゲイの感想なんて、参考にならないだろうが」

帰るつもりで腰を浮かせると、意外なことに柏木が目を丸くした。

「このあと、何か予定でも？」

「いや」

「だったらまだいいじゃないですか。俺、もう少し課長と話がしたいです」

まさか引きとめられるとは思っていなかった。柏木は冷蔵庫からボトルごとアイスコーヒーを持ってくると、椎名のグラスに二杯目をつぐ。

「――てことは、課長の歴代の恋人は全員男性ですか？」

飲み会でする雑談のような調子で訊かれ、今度は椎名が目を丸くする。

柏木の声音も表情もいたってふつうで、無理に平静を装《よそお》っているようには見えない。自身の性的指向を開けっぴろげにしてエロマンガを描いている分、他人の性的指向にも寛容《かんよう》なのだろうか。

「あ、秘密ってこと？」

「ああいや、歴代という言葉は仰々《ぎょうぎょう》しいなと思って。二人しかいないから。だけどまあ、どちらも男性だよ」

「じゃ、いまの彼氏は二人目の人ですか?」

「まさか。とっくの昔に別れてる。私は十年以上フリーだ」

柏木は「へえ」とうなずくと、椎名のとなりへやってきた。

「そっか。ゲイだったんですね。なんか納得です。課長は独身のわりには女性社員に関心がなさそうですし、男臭さも感じないから、常々不思議な存在だなって思ってたんです。生身の男っていうよりも、なんていうか、高嶺《たかね》の花っぽい感じで」

「……私が?」

花に喩《たと》えられるような要素は何ひとつ持っていないし、百歩譲って花だとしても、高嶺で咲いているつもりはない。皮肉めいた意味でもひそませているのかと勘繰《かんぐ》り、「どうしてそう思うんだ」と訊き返す。

「どうしてって、言葉どおりですよ。課長は俺とは立場がちがいますし、淡々としていてクールなところが、きれいだと思ったから」

——俺がきれいだと?

一瞬で空気が凝縮《ぎょうしゅく》した。

むんとした汗の香りが椎名の首筋から立ちのぼる。体温が上昇したせいだ。エアコンは稼働中だというのに、柏木の放ったたった一言で。

「あまり、言われたことがないな」

「意外です。言われ慣れてるかと思ってました」

即返されて、たじろぐ。

椎名はゲイ歴が長いので、同じ性的指向を持つ人間は、なんとなく識別できる。柏木はノンケでほぼまちがいない。

ならばこの、妙に近い距離感は何なのか。

目まぐるしく分析して、答えを出す。——ああ、俺が意識しすぎてるんだな、と。

「そうか。もう少し親しみを持ってもらえる上司にならないといけないな。私はけっして高嶺の花などではないから」

無理やり話をまとめると、柏木が笑った。

「知りたいな。課長の好みのタイプ。教えてください」

「なぜ?」

「なぜって別にいいじゃないですか。雑談の定番ネタでしょ。俺も入社したとき、相沢さんから散々訊かれましたよ」

相沢は仕事のできる優秀な部下だ。こんなところで名前が出るとは思わず、目を瞠る。

「巨乳が好きだと答えたのか?　相沢くんに?」

「ええ。女のおっぱい、神なんで。ちなみに相沢さんはボリュームよりも形重視らしいです。左右に開き気味なのは萎《な》えるそうです」

「分かった分かった、胸の話はいい」

椎名は課内の人間から、プライベートや指向に関する雑談をあまり振られたことがない。自分がいないところでは未婚の男子らしく、そういう話題で盛りあがっているのだと知ると、なんだかおかしくなった。

「私の好みはそうだなぁ……メタボなのと、華奢なのは正直遠慮したい。私よりしっかりした体格の人が理想だよ。顔は男前で、色気があるとなおいいな。性格は癖があろうが難があろうが、私がよければそれでいい。小さなことはあまり気にならないんだ。私自身も完璧な人間ではないからね。ああ、それから――」

牽制《けんせい》ではなく、自分を律する意味で言っておく。

「年上限定だ」

柏木は一瞬息を呑んだものの、すぐにぷっと噴きだした。

「好みが細かいんですね。その上、面食いじゃないですか。うちの会社に課長好みの男はいないと思います」

「そうか?」

君は私の好みのど真ん中だよ、と続ける。もちろん、心のなかで。

性的指向を明かした以上、休日に同性の部下とプライベートな空間で過ごすのはまずいだろう。そろそろ帰るというアピールのつもりで腕時計を覗くと、引き止められた。

「待ってください、あとひとつだけ。課長は好みのタイプの男に、ベッドの上でどんなことをされたいですか?」

一瞬何を訊かれたのか分からず、無防備にも見返してしまった。

微塵《みじん》も揺らぐことのない眸をしばらく見つめて、いわゆるオカズネタを訊かれたのだと気がついた。カッと熱くなった頬に、慌てて手の甲を押し当てる。

「柏木くん。それは雑談ではなくてセクハラだ。訊くほうもどうかと思うが、私が万が一答えると、私も相当おかしいことになる」

ですよね、と笑って引くかと思いきや、柏木の表情は変わらない。

「セクハラじゃないですよ。俺は課長と、秘密を握り合う関係になりたいだけです」

「秘密を……握り合う?」

柏木はうなずくと、ローテーブルの上にあるコミックスに目をやった。

「エロいマンガを描いてること、俺は誰にも話してないって言いましたよね? だけど課長は知った。マンガを通して俺の頭のなかを覗いたってことですよ。だったら課長の頭のなかも覗いておきたいって心理、ふつうじゃないですか? いまの状態だと、俺の手のなかが空《から》っぽなんで、不安なんです」

「待ってくれ。巨乳好きの男性は大勢いるじゃないか。柏木くんだけじゃないよ」

「それ以外のことも知ったでしょ? シチュエーションとか体位とか、女に言わせたい科白とか。俺が描いてるのは、俺好みのセックスです」

そ、そうだったのか！　と衝撃が走り、言葉が出なかった。

頭のなかを白くさせる椎名に、柏木はなおも言う。

「せっかく俺のマンガを読んでもらったのに申し訳ないんですが、ゲイの人は読者に想定してないんです。課長がゲイだと知ってたら、俺は自分のコミックスを渡しませんでした。課長から感想を聞きだしたところで、得るものがないことくらい想像がつきますので」

「それはようするに、私はあの日の責任をとりきれてないと？」

柏木がやっと表情をほぐし、「正解です」と笑う。

ならば、あらためて責任をとらなければ――普段の椎名なら、真摯《しんし》にそう考えていただろう。けれど今回は柏木の問いの内容が悪すぎる。「いや、しかし」と目を泳がせて、額や首筋にも手の甲を押し当てる。

「私の妄想なんて、なんの役にも立たないよ。ノンケの柏木くんにとっては、おそらくゴミ以下だ」

「お気づかいなく。保険として尋ねているだけですから」

「副業のことなら、本当に誰にも口外しない。約束する」

「俺だって口外しませんよ。課長がそのきれいな顔で、どんなにいやらしい妄想をしてたとしても」

また、きれいと言われた。

どうしてさらりとリップサービスを挟んでくるのだろう。

おかげで再び空気が凝縮し、「は……」と吐息が洩れる。もしかして冷房が効いていないのかと、エアコンを見上げたほどだ。それほど暑いし、息苦しい。すぐとなりには、椎名を追いつめる眼差しがある。

果たしてスーツで武装してきた意味はあったのか。柏木の視線を感じるだけで、脱がされている心地になる。いまの椎名は、素肌にかろうじてネクタイを引っかけただけの状態だ。強い眼差しと整った顔、椎名好みの体格を持つ男に、身ぐるみを剝《は》がされる。

こめかみがひりついた。それから喉も。

もうこれ以上は無理だと、課長の自分に見切りをつける。

「……わ、私はその……汗が好きで」

「汗？　めずらしいですね」

ただの相槌《あいづち》だ。にもかかわらず、頬が熱くなる。ふつうなら誰にも話さないことを柏木が聞いている。それがまざまざと分かるのがはずかしい。

「陰陽《いんよう》に置き換えると、精液が陰で、汗は陽な気がするんだ。汗は精液とちがって、人前でも流れるだろう？　あと、その人独特の匂いをまじらせていたりする。無性にエロティシズムを感じるんだ」

だから椎名の妄想は、汗だくなものがほとんどだ。

目を瞑り、陽の射す窓際のベッドを思い浮かべる。

「すごく暑い日で……開けっ放しの窓から入るのは、ぬるんだ夏の風だ。私はギラついた目をした恋人にベッドに押し倒されて、衣服を剝ぎとられる」

もちろん椎名も恋人も汗まみれだ。恋人に「シャワーを浴びさせてくれ」と訴えても、聞き入れてもらえない。彼は急《せ》いた手で椎名の膝を割ると、雄《オス》臭と汗臭を濃厚に立ちのぼらせる股《また》座《ぐら》に顔を埋《うず》めてきて——。

「彼は……汗で汚れた私の体で興奮するんだ。だから私もたまらなくなって……」

求められるまま、シックスナインの体勢をとって、恋人のいきり立つ男根《だんこん》を口に含む。

少々お口が疎《おろそ》かになっても、恋人は怒らない。彼は彼で、貪《むさぼ》るように椎名の秘部に舌を這わせ、熱に浮かされた声で「ああ、美味《うま》いよ」「最高だ」と繰り返してくれる。

「彼は、すぐに自分のものを挿入したがるタイプじゃない。私にはずかしい格好を強要してきて、まずは大人のおもちゃで攻めてくる」

——妄想がこんなふうに展開するのには、わけがある。

恋人のいない椎名には、自分以外の男根に触れる機会がない。十年以上も前に恋人だった男の下半身も、記憶からすっかり消え失せているくらいだ。だからこそ、妄想のなかでバイブを登場させて、自分の手と愛用の品でアナルの疼《うず》きを慰める行為に、リアル色をまぜるのだ。

とはいえ、バイブオナニーのことまで打ち明けるのは憚《はばか》られる。「私の心の恋人は、お道具フェチなんだ」ということにしておく。

バイブを登場させたら、あとはもうクライマックスに向けて思いのままだ。

椎名はひとり暮らしなので、どれほど乱れようと、誰かに迷惑をかけることはない。自分の手で激しくバイブを抜き差ししながら、「ああ、もっと……！」とはしたない声を上げることもあるし、アナルとペニスを同時に刺激して、一途《いちず》に快感を追いかけることもある。

「バイブで……三回はいかされるだろうか。本当にいつも、気持ちよくて……」

うっとりと息をつき、射精する瞬間を脳裏に描く。

あられもない妄想に集中していたせいで、となりに柏木がいることを忘れていた。そう、本当に忘れていたのだ。

「俺でよければ、抜きますよ」

突然聞こえた平淡な声に、否応《いやおう》なく現実に引き戻される。

ぎょっとしてまぶたを持ちあげて初めて、椎名を見つめる柏木に気がついた。

「え……？　あ、……え？」

「だって課長、フル勃起してますよね？」

ふるぼっきとはこれ如何《いか》に。

椎名がはっとして下半身に目をやるより早く、柏木にスラックスの上から股座を摑まれた。

うわああっ、と叫んだつもりが声にならない。かわりに額からどっと汗が噴きだす。

「きき、君は、いったい何を――」

「それはこっちの科白です。めちゃくちゃ目のやり場に困りました。課長のココ、どんどん膨らんでくから」

ココ、と言いながら雄根《ゆうこん》をむぎゅうと握られ、今度こそ「うわああっ」と叫ぶ。

「すごい。ギンギンですね」

「……ひ、ぃ……」

柏木の手を布越しに感じることもそうなら、人前で勃起したことも信じられない。

どうしてだどうしてだと忙しなく頭を巡らせて、最近ご無沙汰《ぶさた》気味だったのを思いだした。柏木のマンガにディープインパクトを食らったせいだ。おかげで椎名はしばらく自分の体を慰めていない。それまでは毎晩欠かさずバイブを使って自慰をしていたので、相当たまっているはずだ。

「ててて手を放しなさい、柏木くん。これは立派なセクハラだ」

「セクハラっていうなら、課長もでしょう。部下の前でココを勃たせるのってどうなんですか。確かに俺はきわどい質問をしましたけど、課長の体の変化までは求めてませんよ。それに妄想の内容がガチすぎます。もう少しオブラートに包んでくれても全然よかったのに」

「ガ、ガチすぎるって……いまさら君、そんなこと」

語れと迫るから語ったというのに、さすがの柏木も引く内容だったようだ。

もはや、赤くなればいいのか青くなればいいのかも分からない。酸欠気味の金魚のように口をぱくつかせていると、柏木の手がうごめいた。「ああ……っ!」と甲高《かんだか》い声を上げて、体を丸める。

「頼む、手を放してくれ。このままでは私は……私は――」

「だから抜きますよ、俺が」

果たして柏木の言う『抜く』は、椎名の思う『抜く』と一致しているのか。そこに疑問を覚えるほど、落ち着き払った声だ。

羞恥《しゅうち》と困惑で潤んだ目をしばたたかせ、柏木を見る。

「俺は課長と秘密を握り合う関係になりたいって言いましたよね? そういうのがいちばん安全なので。だけど勃起までされると、課長は俺に秘密を渡しすぎることになります。俺につけ込まれても平気ですか? 容赦《ようしゃ》なくいきますよ」

「お、脅《おど》すつもりか? 私を?」

「ね、困るでしょ。でも俺が課長のココを抜けばトントンです。セクハラし合ったことになりますから」

正直なところ、柏木の価値観がさっぱり分からなかった。

分かるのは、どうもがいても柏木の手が離れないことと、射精の欲が高まる感覚だけだ。

恋人でもない男に掴まれているのだから少しは怯《おび》えればいいものを、椎名のオスはこのシチュエーションに興奮しているのか、ぬるついた先走りの汁まで下着の内側にこぼしている。

「いや、抜くって簡単に言うが、君はノンケだろう？」

「ノンケです。だけどストライクゾーンはかなり広めです。巨乳以外はお断りってわけでもないし。課長ならありかな。美人だし」

ぼそりと足された最後の一言に、全神経を持っていかれた。

首から上では大きく目を瞠り、不埒《ふらち》な肉棒のほうは『ほ、本当か⁉』と喜色《きしょく》を浮かべて、ぐぐっと張りつめる。当然柏木に伝わらないはずがなく、不思議そうに見返された。

「課長。もしかして着衣《ちゃくい》エロをご所望《しょもう》ですか？」

「……は、い？」

「このままイッていいならやりますけど、スラックスが汚れますよ」

「――――！」

実は今日の椎名はかなりいいスーツを着ている。男前の部下の部屋を訪ねるのに、見映えのするものを選んだのが仇《あだ》になった。自宅マンションのバスルームで、スラックスに付着《ふちゃく》した精液を無の表情で洗い流す自分の姿が脳裏に浮かび、考えるよりも先に声が出る。

「まま待ってくれ！　脱ぐ！　脱ぐからっ」

あっさり柏木の手が離れたが、逃げるという発想はなかった。こんな体ではどのみち帰れない。泣きそうに潤んだ眸でベルトのバックルを外し、スラックスのジッパーを下げる。

ずらした下着から飛びでた性器は、自分でもおどろくほど漲《みなぎ》っていた。

もう生涯、柏木の顔を見られない気がする。目許を歪《ゆが》めてうつむくと、まったくためらいのない手つきで雄茎《ゆうけい》を握られた。

「あ、あ……」

節《ふし》の目立たない椎名とはちがう、ごつごつした男の手だ。手筒《てづつ》で扱《しご》かれて吐息が湿《しめ》る。

「すごいですね、人前でこんなになるなんて。課長は性欲とかないタイプだと思ってました」

「……っ、く……ぅ」

「幹《みき》とてっぺん、どっちが好きですか？　課長のいいように触りますよ」

そんな問いに答えられるわけがない。これ以上ないほど頬を赤くして、何度も首を横に振る。

その間も絶妙な圧をかけて扱く手に、理性を溶かされる。

「や、やめ……っはぁ、ふ……」

ああ、どうしてこんな、中途半端な格好を選んだのか――。

スラックスも下着も脱ぎ捨ててしまいたい。思いきり足をくつろげて、久しぶりの快感を丸ごと享受《きょうじゅ》したい。くらくらした熱が目許に宿るのを感じながら、後ろに手をつき、わななく上半身を支える。

椎名が体勢を変えたことで扱きやすくなったのか、ストロークが深くなった。

「あぁっ……あ……！」

いやらしく搾《しぼ》りとる手つきにペニスが悶《もだ》え、先端の切れ込みがひくつく。

甘く官能的な頂《いただき》はすぐそこだ。射精の欲がせり上がるのを感じ、切なく眉根を寄せる。

「だ、だめだよ、そんなにしたら……っ……あぁ、許し……っ、あ……はぁ！」

「許す？　あ、イキたいってことですか？」

恥も外聞もかなぐり捨てたあとだ。上気した顔でこくこくとうなずく。

伝えた途端、柏木の愛撫が緩慢《かんまん》になった。あと二、三度、強めに扱いてくれれば、絶頂に辿《たど》り着けたはずなのに。

どうしてと責めるつもりで視線をやると、目が合った。唇が笑っている。

「すみません。喘いでる課長がかわいくて、焦《じ》らしたくなりました」

「お、おま、――」

これのどこがトントンなのか。年下の部下にいいようにもてあそばれているとしか思えない。

手中に落ちた自分が情けなくてすぐに目を逸らしたものの、たったいままで手筒で扱かれていたことに変わりはない。なんとか極めようと腰を前後に揺らし、柏木の手のひらに濡れた漲りを擦《こす》りつける。

「くっ、は、……ぁ……」

椎名が思う以上に理性など残っていないのだろう。メスになり損ねたオスの獣だ。荒く乱れた自分の呼吸がこめかみに響く。

「課長は見た目とちがってエロいんですね。俺、エロい人大好きなんで、サービスします」

何がサービスだ。調子のいいことばかり言いやがって。

涙をためた目でにらむも、視線は合わなかった。柏木が背中を丸めたせいだ。べえと伸ばした舌でいきなり亀頭《きとう》を舐《な》められ、吸い込んだ息がかすれた悲鳴に変わる。

「な、何を――か、柏木く、ん……！」

快感よりも衝撃のほうが大きかった。うそだろと目を瞠り、肉色のペニスにしゃぶりつく柏木に釘づけになる。

恋人のいない期間が長い分、オナニーに関してはプロ級の椎名でも、フェラチオはひとりでできない。視覚から味わう刺激と、ペニスを通して伝わる快感がまじり合い、瞬《また》く間にのぼりつめる。全身の毛穴という毛穴が開き、甘い汗が噴きだしそうだ。

びくびくと太腿《ふともも》がわななき、強烈な射精の欲に背筋を貫《つらぬ》かれる。

「ンッ、あ……あぁっ――！」

喉を反《そ》らせて、宙に向けて喘ぎを放った瞬間、柏木が唇を離す。ぴしゃっと飛び散った熱い滴りが、椎名の股座と下腹部を濡らした。

「……はぁ……ぁ……は……」

「結構出ましたね。ためてました？」

あっさりと柏木が立ちあがる。どこへ行くのかと見ていたら、ティッシュボックスを持って戻ってきた。

シチュエーションがシチュエーションなので、醒《さ》めるのも早い。

むしろ、ぽうと夢心地になっていたら大問題だろう。柏木に大人しく精液を拭われながら、じわじわと脂汗《あぶらあせ》が滲みでる。

（と、とんでもないことを……柏木くんとしてしまった……）

舞い戻った理性が、椎名の目を白黒させる。尊厳《そんげん》もプライドも木端微塵《こっぱみじん》に吹き飛ばされたあとでも、柏木の上司であることに変わりない。週明けからは、また同じオフィスで仕事をするのだ。弾《はじ》かれたように体をしゃんとさせ、あたふたと下着とスラックスを穿《は》く。

「課長？」

どうしたんですか、と訊きたげな目で見ないでほしい。決まっているだろう、帰るのだ。

これ以上ここにいると、爆乳のごとく膨らんだ羞恥心に押しつぶされて、ぺしゃんこになってしまう。

「私はこれで失礼するよ。ではまた、月曜日に会社で。アイスコーヒー、ごちそうさま」

型どおりのことをかろうじて口にして、一目散《いちもくさん》に玄関を目指す。なんとか靴を履《は》いて駆けだしたところで、後ろから「課長ー！　忘れてますよ！」と叫ばれた。

柏木が片手に椎名のビジネスバッグを、もう片方の手にジャケットを持ち、振っている。

（くっ……！）

真っ赤な顔で引き返し、柏木の手から両方奪いとる。

「もしかして怒ってます？」

顔を覗き込まれたが、答える余裕もなければ、答えたくもない。

背を向けたあとは二度と振り返らず、椎名はまさに脱兎《だっと》の勢いで、車を停めてあるパーキングを目指して駆けた。

＊＊＊＊

「ほんと、毎日暑いですね」

「今年は暑すぎるよな。連日三十四度超えだし」

方々《ほうぼう》で交わされる会話をBGMがわりに聞きながら、椎名《しいな》は日本酒をあおる。

毎年恒例、鹿南《かなん》物産本社の暑気払《しょきばら》いの飲み会だ。料亭の宴会用の座敷を貸し切りにして、本社勤務の全社員が参加するという、旧態依然《きゅうたいいぜん》とした社内行事のひとつだ。もちろん柏木《かしわぎ》も参加しており、椎名の斜め前の席で、同僚の佐野《さの》と談笑しながらビールを飲んでいる。

あれから一週間——いまだ椎名の鼓動は忙《せわ》しない。

柏木には到底《とうてい》忘れられないことをされたし、椎名もしてしまった。

夜な夜な描く妄想を馬鹿正直に語ったこともそうなら、柏木の手と唇で絶頂に導かれたことなどありえない。こけつまろびつアパートを飛びだしたのも、とんだ醜態《しゅうたい》だ。もし椎名がうら若き童貞処女だったなら、あまりの羞恥《しゅうち》に三日三晩はさめざめと泣いていただろう。残念ながらとうの立った三十五歳なので、「ああ……」と頭を抱える程度で済んでいる。

(俺はあの手で気持ちよくされたんだよな)

さりげなく柏木を盗み見る。

グラスに添えられた右手に注目すると、まぶたがほのかに熱くなる。手の次は唇だ。佐野に話しかけている唇はあの日、いやらしい動きで椎名の亀頭《きとう》を――。

ふいに柏木が椎名を見た。

ぎょっとして、反射的に真横に顔を向ける。椎名のとなりにいるのは相沢《あいざわ》だ。不思議そうに見返した相沢に、「今夜の会席《かいせき》はなかなかうまいな」と笑いかける。「課長、飲みすぎですよ」と苦笑され、つい五分ほど前にも柏木と目が合って、相沢に同じ科白《セリフ》を口にしたことを思いだした。

(まるでだめだな……柏木を意識しすぎてる)

うなだれたついでに刺身のつまを食べていると、視界に影がかかった。

てっきり柏木かと思い、はっとして顔を上げる。だが椎名の前であぐらをかいた男は、柏木とは似ても似つかない。営業部第二営業課の課長、同期でもある柳瀬《やなせ》だ。

柳瀬は「よう」と椎名に笑いかけると、手にしていたビール瓶《びん》を掲《かか》げる。

顔だけ見ればイケメンの部類に入るだろうが、性格は傲慢《ごうまん》で鼻につく。社内でダントツの成績を誇《ほこ》るセールスマンとしての驕《おご》りが、いまの彼を作りあげているのかもしれない。入社当時はかわいらしい部分もあったのだが。

「椎名、飲んでるか？　お前は相変わらず貧乏くさいものが好きだな。刺身のつままで食ってんのか」

いつものマウントだ。ほら来たぞと思いながら、柳瀬にビールをそそいでもらう。すかさず相沢が柳瀬用に新しいグラスを差しだしてきたので、お返しに椎名もついでやる。

「柳瀬、聞いたぞ。結婚するんだってな。おめでとう」

あまり言いたくなかったが、席に来られたからには言うしかない。

社内の女性と散々浮名を流した色男は、この冬、ついに身を固める。噂によると、意外なことに見合いらしい。遊び人の柳瀬が結婚を決意するくらいなのだから、よほど才色兼備《さいしょくけんび》で好条件の女性なのだろう。

「ま、俺も三十五だからなぁ。式には呼ぶから来てくれよ。ちなみにお前のほうはどうなんだ。彼女のひとりや二人、いるんだろう？」

困ったことに、柳瀬は椎名が男性にしか興味がないことを知っている。

仕方ないといえば仕方ない。いけ好かない男に成長したこいつは両刀で、椎名の元カレだ。

十年以上前に別れた二人目の男が柳瀬にあたる。

「彼女なんかいるもんか。俺はひとりが好きなんだ。そのほうが気楽でいい」

「おいおい、枯れた年寄りみたいなこと言ってないでがんばれよ。お前ならいい男——じゃない、いい女を捕まえられるさ」

言いまちがいはわざとだろう。よくもまあ、こんな男に惚れたもんだなと、自分に呆れてしまう。はるか昔のことなので、いまさらどうでもいいが。

「じゃあな」

腰を上げた柳瀬が他の同期のもとへ向かうのを見届けると、椎名は相沢に耳打ちをした。視界の隅にこちらを見ている柏木が映る。

「風に当たってくる。少し飲みすぎた」

「了解です」

長年使っている料亭なので、フロアマップは頭に入っている。

宴会場を出て縁《えん》廊下を進み、何度か角を曲がると裏庭へ出る。ちょっとした休憩スペースのようなものだ。客が自由に散策できるようにと、料亭の名前の入った履物《はきもの》まで用意されている。

椎名は履物に足を通すと、裏庭へ出た。

(結婚、か)

柳瀬に未練はないとはいえ、正直複雑だった。

椎名の人生には、結婚もなければ離婚もない。もちろん子育ても。かわり映えのない道を、ひたすら歩き続けるだけの人生だ。

(せめて恋愛くらいあってほしいな。一生に一度でいい。誰かを思いっきり愛して、同じ強さで愛されてみたい――)

ため息をつきながら裏庭を歩いていると、縁廊下に人影が見えた。

柏木だ。あきらかに椎名を目指して歩いている。

咄嗟《とっさ》に目を伏せる。偶然にも鉢合《はちあ》わせてしまい、気まずくなったからではない。おぼろげに考えていたことが当たったからだ。もし自分が宴会場を出れば、柏木は追いかけてくるんじゃないだろうか、と。

「俺、課長に避けられてる気がするんですよね」

椎名のもとに辿《たど》り着いた柏木は、開口一番そう言った。

あ、ここにいたんですね、とか、俺もいっしょに庭を歩いていいですか、とか、椎名の出方を探るワンクッションを挟まない率直さ。案外柏木も、椎名と同じようにあの日のことばかり考えていたのかもしれない。

もしそうなら、うれしい。

なぜと自分に問いかける前に、その答えを見つける前に、頬と胸の両方が熱くなる。

「避けてはないさ。ただ、君と正面切って顔を合わせるのは、まだはずかしい。俺は部下の前で欲情するとは、微塵《みじん》も思ってなかったんだ」

一人称をあえて普段使いの『俺』にする。

たとえ社内行事の最中でも、これはきわめてプライベートな感情だ。柏木も椎名の線引きに気づいたのだろう。一瞬目を瞠《みは》ると、すぐに表情をやわらかくする。

「あの日の課長はすごくかわいかったので、気にしないでください。意外だらけでびっくりでした」

「かわいいだと？　俺はそんなふうに言える君にびっくりだ。君の恋人があの日のことを知ったら、引っくり返ると思うぞ」

「フリーなのでお気づかいなく。課長のためにも、トントンにしなきゃまずいと思ったんです。いいじゃないですか。お互い秘密ができたんですから。いちばん安全な関係です」

「君の言う安全と俺の思う安全には、結構な隔《へだ》たりがあると思うけどな」

肩や腕ならともかく、剝《む》きだしのあそこに触られたのだ。

安否《あんぴ》確認をした日から柏木のことが気になってしようがなかったというのに、もはや気になるどころの話ではない。椎名が毎晩、あの日のやりとりを思いだして、ひとりで赤面しているなど、柏木は想像すらしていないだろう。

ちらりと真横の顔を見上げたとき、柏木の視線が逸《そ》れた。つられて目をやると、二、三人の部下と連れ立って、縁廊下を行く柳瀬の姿が見えた。

その後ろ姿が完全に見えなくなってから、柏木が言う。

「課長と柳瀬課長ってどういう関係なんですか？　同期だっていうのは知ってますけど、それだけじゃないですよね」

「なぜそう思う」

「雰囲気、ですかね。課長は柳瀬課長と話すとき、いつも構えてるでしょ。同期で役職も同じなのに、どうしてなんだろうって前から不思議に思ってたんです。常務や部長と話してるときはそんなことないのに。ふつう逆じゃないですか？」

まったく、よく見ている。

仕方なく辺りを見まわして、「柳瀬は俺の二人目の男だ」と教えてやる。

「えっ、でもあの人、結婚されますよね？」

「柳瀬は両刀だから、男でも女でもいけるよ。もちろんいまは、婚約者一筋だろうけど。ただ、あいつが俺を恋人にカウントしてるかどうかは知らないよ？　俺とは半年程度の関係だったから」

会う予定だった前日に、「もう飽きた」の一言で振られたことを思いだして、苦々《にがにが》しい気持ちになった。柳瀬との思い出はとっくに白茶《しらちゃ》けているというのに、最後の言葉だけは鮮明に覚えている自分が女々《めめ》しくて嫌になる。

ついこぼしてしまったため息を、柏木は未練めいたものだと勘ちがいしたらしい。

「もしかして柳瀬課長のこと、まだ好きなんですか?」

と、訊かれておどろいた。

「まさか。ないよ、ない。柳瀬と付き合ったこと自体、若気《わかげ》の至りみたいな感じだったし。だけど、あいつと別れて以降、俺には何もないから、思いだすことはあるよ。会社と自宅を往復する日々を長年続けてると、たまに虚《むな》しくなるんだ」

若い柏木にはピンと来ない感情だろう。静かに目を伏せると、横から顔を覗き込まれた。

「じゃ、課長。俺と出かけましょうよ」

「え?」

「副業の取材で行きたいところがあるんです。ただ、ひとりで行くのは抵抗があって、どうしようかなって迷ってたんですよね。課長が俺とカップルのふりをしてくれるなら、すごく助かります」

「カッ……カップルのふり?」

おどろきすぎて声が引っくり返ってしまった。

十年に一度あるかどうかの奇跡のお誘いだ。だが、『副業の取材で』というのが引っかかる。

柏木の副業は女体万歳のエロマンガ家だ。

「どういう主旨の取材なんだ。目的地も教えてくれ」

「んー、これから描く新作に関する取材です。それ以上は勘弁してください。目的地はいわゆるデートスポットです。おそらく課長なら、それなりに楽しんでいただけるんじゃないかと思うんですが」

——デートスポットだと？

椎名の脳内に、光の速さで観覧車の映像が広がった。ゴンドラのなかでうふふと笑って唇を寄せ合うカップルの姿が浮かぶ。

（いやいやいや、エロマンガの取材で観覧車はないか）

すぐに自分の妄想を否定したものの、次は水族館で手繋《つな》ぎデートを楽しむカップルの姿が脳《のう》裏《り》によぎる。どれほど美しい魚がいたとしても、二人にとってはただの添えものだ。魚を眺めるより、お互いを見つめる時間のほうが長いデート。まさに王道だ。

椎名はそういうデートらしいデートを一度もしたことがない。初めての彼とは大学帰りに町をぶらつくのがデートだったし、柳瀬とは休日に待ち合わせて出かけたことなど、数えるほどしかないからだ。

「おどろいたな。君の新作には魚類が登場するのか。巨乳の女性とどう絡《から》ませるつもりだ」

「……はい？」

「いや、なんでもない」

——思いだした。

柏木は『びしょ濡れ巫女《みこ》さまを征服！』で、美しい入母屋造《いりもやづく》りの神社を描いていることを。

マンガの背景資料を集める取材なら、最初に否定した観覧車デートも大いにありうる。もちろん、水族館デートのほうもだ。

信じられない心地でぼうとしていると、柏木が言った。

「課長は体ひとつで来てくれるだけでいいので、検討してもらえませんか？ デート費用は全額俺が負担します。ただひとつだけ。俺、車を持ってないんですよ。送り迎えできないことが心苦しいんですが」

車のあるなしなど、まったく問題ではない。必要なら、椎名が車を出してもいいほどだ。もしかして自分はとっくに恋に落ちているのかもしれない。ぽすっと胸の真ん中を狙って立てられた白羽の矢が、甘い疼《うず》きを放つ。

「本当にその、俺で構わないのか？」

椎名の問いかけに、柏木は躊躇《ちゅうちょ》することなく「もちろんです」とうなずいた。

柏木が待ち合わせに指定したのは、土曜日の午後二時。ターミナルの駅前広場だった。椎名が五分前に着くと、柏木はすでに来ていて、「お疲れさまです」と笑顔を向ける。

今日の柏木はコンタクトレンズで、きれいめのTシャツとジーンズというスタイルだ。

やはりスーツよりも、普段着のほうが断然見映《みば》えする。きっと骨格自体が美しいのだろう。

思わず頬をほころばせると、柏木も同じように微笑《ほほえ》む。

「課長の私服、初めて見ました。雰囲気、変わりますね。新鮮でなんかいいです」

「そうか？　だいたい俺はいつもこんな感じだよ」

いつもも何も、実は椎名は今日のデートもどきの取材のために、新調した服を着ている。七つも年下の男とデートスポットへ出かけるのだから、おかしな格好はできない。ショップ店員のアドバイスのもと、ノーカラーのジャケットと細身のパンツを購入した。本当に似合っているのか不安だったので、柏木の笑顔を見てほっとした。

心を軽くしてとなりに並んだのも束《つか》の間、「十五分ほど歩くんですが、構いませんか？」と訊かれて、「え！」と声を上げる。

「あ、タクシー使います？　それでもいいですよ」

「いや、歩くよ。全然問題ない」

慌てて口角《こうかく》を持ちあげたものの、心のなかでは大いに首を傾《かし》げる。

――いったいどこへ行く気だ？

デートスポットとして有名な観覧車は、臨海《りんかい》地区の商業施設の一角にあるので、ここからだと電車に乗る必要がある。水族館も徒歩では行けない距離だ。

（うーん……大きく読みが外れたぞ）

とりあえず、自分の発想がかなり貧弱《ひんじゃく》だということはよく分かった。

考えてみれば柏木は椎名より若いというだけで、年齢的には三十手前になる。観覧車に乗ったり水族館に行ったりというデートは、とっくに卒業しているのだろう。

（なるほど。恋愛経験の乏《とぼ》しさは、こういうところに表れるんだな。危ない危ない、口にしなくてよかった）

果たしてここから徒歩圏内に、きらきらのデートスポットはあっただろうか。

真剣に脳内でストリートビューを展開させていたので、会話を疎《おろそ》かにしてしまった。「課長、聞いてます？」と柏木に顔を覗き込まれ、どきっと鼓動が跳ねる。

「え、あ、なんだ」

「だから呼び名のことです。今日は課長呼びは避けたいんですよ。椎名さんと呼ぶのもやめたほうがいいかなと。だから侑人《ゆきと》さん、もしくは侑さんとお呼びしたいんですけど、どっちがいいですか？」

いきなり矢より太いものを心臓に打ち込まれた気がした。

自分好みの男前の部下に、下の名前で呼ばれる――そんなことがあっていいのだろうか。おどろきすぎて言葉が出ないのを、柏木は拒絶反応だと勘ちがいしたらしい。「もちろん、今日だけですから」と慌てたようにつけ加える。

「そ、そうだな……えっと、侑さん、がいいな」

「よかった。じゃ、侑さんで。ちなみに俺のことも、名字で呼ぶのは避けてもらえるとありがたいです。君でもいいし、お前でもいいし、下の名前でもオッケーです。あ、俺、武琉《たける》といいます」

——知ってる。知ってるに決まってるじゃないか。

武琉、武琉、武琉。呼ぶのを許された名前を心のなかで唱《とな》えていると、ニッと笑った柏木にさっそく「侑さん」と呼ばれた。

ドスッと二本目の楔《くさび》が心臓に突き立つ。もはや瀕死《ひんし》の重傷だ。

「な、なんだ」

「んー、呼んでみただけです」

ここで『武琉』と呼び返せばよかったのだろうが、年下らしい素直な笑顔にやられて、対応できなかった。

柏木は笑うと屈託《くったく》がない。またひとつ知らなかった一面を知り、心を鷲掴《わしづか》みにされた気分だ。むっとしたふりで「俺をからかうんじゃない」と眉を持ちあげたものの、おそらくこの頬は真っ赤だろう。「課長、かわいい」とくくっと笑われる。

もう十分デートだ。札束でお釣りが返ってくるほどのデート。どこへ連れていかれたとしても、最高の思い出になるだろう。そんなふうに二人で並んで歩く十五分間を堪能《たんのう》していたので、この気持ちが目的地に到着後、あっさり覆《くつがえ》るとは想像もしていなかった。

「あ、着きました。ここです」

柏木が椎名を振り返り、目の前のビルに人差し指を向ける。

「へえ、ここが？」

この辺りは繁華街ではないものの、閑散《かんさん》とした地区でもない。一、二階にカフェやアパレルショップの入ったビルが並んでいて、間間にマンションがある。柏木が示したビルも一階は空《あ》き店舗、二階は美容院になっていた。

「課長。あらためて言います。これはあくまで取材ですから」

なぜ念を押してくるのか。意味が分からないまま、「ああ」とうなずくと、柏木が椎名の手をとり、ビルへと入る。

デートスポットは地下にあるようだ。繋がれた手にどきどきしながら、階段を下りる。

辿り着いたのは、重厚《じゅうこう》そうな黒い扉の前だ。隠れ家的な店なのか、看板らしいものは見当たらない。扉の持ち手に、青い蝶《ちょう》のチャームがぶら下がっていた。

柏木が扉を押し開く。すると受付があり、ボーイが控えていた。だが本当に受付があるだけだ。奥にもう一枚扉が見えたので、受付を通過しないことには、フロアへは出られないようになっているのだろう。

（ふぅん、厳重な店だな）

入店手続き中の柏木の側《そば》で奥を窺っていると、「侑さん」と呼ばれた。

「はい」

「パンイチ、コスプレ、バスローブ、どれがいいですか?」

「……は?」

「私服禁止の店なんですよ。――俺はバスローブで」

そんな店が存在するとは知らなかった。椎名が「え……え?」とうろたえているうちに、柏木はボーイからバスローブを受けとる。

「わ、私もバスローブで!」

まるで状況が呑み込めないまま、バスローブを抱えて柏木についていく。

予想に反して、二枚目の扉を開けてもフロアへは出られなかった。かわりにスポーツジムの更衣室のようなところに辿り着く。

「侑さん、まずは着替えてください。下着も脱いでくださいね。大丈夫です、めくったりしませんから。貴重品はロッカーへ。スマホの持ち込みはぜったいにだめです」

「おい、待ってくれ。ここはどういう店なんだ」

「クラブ・モルフォ。ハプニングバーです。すみません、内緒にしていて」

柏木ががばっと頭を下げる。なぜか最敬礼のスタイルだ。

「ハプニングバー? ――なんだ、びっくりハウスか。最近はそんなものがデートスポットになるんだな」

びっくりハウスなら、バスローブに着替えるのもうなずける。きっと水をかけられたり、小麦粉をかけられたりするアトラクションがあるのだろう。下ろしたての服をそんな遊びで汚されてはかなわない。

言われるままに着替えを済ませて、バッグをロッカーに押し込んでいると、バスローブ姿の柏木が呆然といった様子で椎名を見ていることに気がついた。

「どうした」

「いやその、課長……じゃない、侑さんの想像するハプバーとここは、おそらくちがうと思うんですよね。さっきびっくりハウスって言ってませんでした？」

「言ったよ。びっくりハウス。天井から桶《おけ》が落ちてきたりするんだろう？」

「桶……桶ですか。……なるほど」

渋い表情の柏木に手をとられて、更衣室の奥へ進む。奥に扉はなく、かわりに厚手のカーテンが垂《た》れ下がっていた。側に控えていたボーイが会釈《えしゃく》して、カーテンを開ける。

（おっ――）

ようやくフロアらしいところへ出た。

一見したところ、ラウンジのような雰囲気だ。ビルの地下にあるわりには広々としていて、ジョイントソファーを花の形にくっつけたスペースがいくつもある。酒瓶《さかびん》やグラスをずらりと並べたバーカウンターもある。

だが、何かがおかしい。

グラスを片手にくつろぐ客のスタイルが、バスローブ、もしくはパンツ一丁だからだろう。バスローブはギリギリいいとして、パンイチはいかがなものか。それも蛍光カラーのTバックだ。これでは女性客が落ち着かないだろうと思いきや、スタッフも含めて、女性の姿がまったく見当たらない。

見事なほど、男しかいないのだ。

その上、男同士でいちゃつく姿も見受けられ、眉をひそめる。いやいや、ナーススタイルの人もいるじゃないかと思ったら、それも男性だった。スカートの丈がありえないほど短いせいで、イチモツが覗いている。

ナマのイチモツだ。

据《す》わった目で注視していると、なぜか男にウィンクを飛ばされた。

「柏木」

呼ぶなと言われた名字をあえて呼ぶ。

それも滅多《めった》にしない呼び捨てだ。柏木がぎくっと肩を跳ねさせる。

「私に分かるように説明しろ。ハプニングバーとはなんだ。君がしたい取材の詳細も語れ。返答次第では、ただじゃおかないぞ！」

「ちょ、こんなところで課長モードになって怒らないでくださいよ」

「怒るなだと？　怒るに決まってるだろう！　君はいったい何を考え――」

柏木が慌てた様子で椎名の腕を引き、奥のソファースペースへ連れていく。

背もたれのない、ちょうど花のめしべにあたる部分に座らされた。柏木が困った顔をして、椎名の足許《あしもと》で片膝《かたひざ》をつく。

「ええっと、侑さん。ハプニングバーというのは、びっくりハウスじゃなくて、なんていうかその、セクシャルなハプニングが起こる、かもしれないお店です」

「かもしれない？」

「風俗店ではないので、プランが設定されてるわけじゃないんです。お客さん同士のやりとり次第でしょうね。だから何も起こらないときもあります」

客にお任せとはずいぶん安上がりな商売だなと思ったが、口にはしなかった。

「ハプニングの内容は？」

「ゴムなしセックス以外、すべてです」

あまりにもはっきり告げられて、思わず辺りを見まわす。かあっと首から上が熱くなった。

「ちなみにここは歓談するためのエリアなので、せいぜいナンパされる程度です。向こうにほら、照明を落としてるエリアがあるでしょう？　あっちがプレイエリアです。プレイエリアではセックスしてもいいし、それを観賞してもいいし、みたいな」

「無理やり襲われたりするのか？」

「それはないです。プレイする場合は、合意がないとだめなので」

ほっとしたのも束の間、とんでもない魔境《まきょう》に連れてこられたことに変わりはない。

柏木いわく、今日は年に数回しかないメンズデーで、ゲイが対象なのだとか。昼の部だけでなく、夜の部もあるらしい。

「ど、どうしてまたメンズデーに……。君の新作はどういう内容なんだ」

「Mっ気《け》のあるサラリーマンが、巨乳三姉妹にあれこれされる話です。だからガチで喘《あえ》ぐ男の顔を見ておきたかったんです。ゲイビは大半演技ですから」

ふと口を噤《つぐ》んだ柏木が、物言いたげな目で椎名を見る。

「なんだ」

「この際なんで白状します。実は新作に登場予定のサラリーマンは、侑さんがモデルなんです。この間の喘ぐあなたがかわいかったから、マンガにしてみたくて」

「――――」

絶句するとはまさにこのことだろう。

言うつもりはさらさらなかったが、気が変わった。柏木の感覚と椎名の感覚にはかなりのちがいがある。これは単に年の差だけの問題ではないはずだ。

「柏木くん。俺をマンガのモデルにするのは、よしとする。本業ではないとはいえ、君はプロのマンガ家なんだから、悔いがないように挑《いど》めばいいさ。ただ、な――」

ため息をつき、目頭《めがしら》を押さえる。

こんなことを伝えなければならない自分が情けない。

「俺は君からデートスポットという言葉を聞いたとき、観覧車と水族館を思い浮かべたんだ。だってデートの定番じゃないか。君にはずかしい思いをさせてはいけないと思って、服だって新調したんだぞ。にもかかわらず、連れてこられたのはハプニングバー。俺はいったいどういう気持ちでここで過ごせばいいんだ。さっきまで弾《はず》んでた俺の心を返してくれ」

「えっ……」

今度は柏木が絶句した。

先ほどの椎名と同じように辺りを見まわすと、そろりととなりへ腰をかけてくる。めずらしく顔が真っ赤だ。

「どうして君が赤面する。真っ赤になって泣きたいのは俺のほうなのに」

「や、だって侑さん、めちゃくちゃ純情じゃないですか。どうしよう、俺、盛大にやらかしましたね。この間の侑さんがエロかったから、そっちのイメージが強くて。もうここ、出ます？出ましょうか。で、観覧車に乗りに行きましょう。それから水族館も」

本気で言っているのだろうか。それでは本末転倒だ。

とはいえ、慌てふためいた様子ですぐに代替案《だいたいあん》を出されたのは、正直うれしかった。椎名の中高生じみた感覚を笑わなかったのもポイントが高い。「よし、出よう」と椎名が腰を上げれば、本当に柏木はこの店をあとにする気がする。

「Kくん。せっかく入店したのに、ここを出たら意味がなくなるじゃないか。とりあえず君は、喘ぐ男の顔とやらをしっかり観察してきなさい。俺はここで待ってる」

「いや、ひとりにならないほうがいいです。ナンパされますから」

「ナンパくらい、断るから平気だ。いいから取材のほうを早く。Kくんがもたもたしている間に、時間が過ぎるだろう？　そっちのほうが損失だ」

柏木は迷っていたが、結局「早めに戻ります」と言い残して、プレイエリアへ駆けていく。

（おどろいた……まさかあいつがあれほど赤面するとはな。したたかなタイプだと思ってたけど、かわいらしい一面もあるってことか）

感心している場合ではない。とりあえず柏木が戻ってくるまで、なんとかこの魔境で生き延びなければ。

ドリンクはアルコールも含めて飲み放題だと聞いたので、まずはバーカウンターでレモンサワーを作ってもらった。一口飲んでみたところ、ちゃんとレモンの香りがして、なかなかうまい。グラスを片手にフロアを見まわし、先客のいないソファーを狙って腰かける。

待っていたかのように、男がとなりにやってきた。

「こんにちは。おひとりですか？」

「二人です」

「じゃあ、さっきの人が彼氏？　なんか言い争いっぽくなってましたね」

椎名と同年代くらいのバスローブを着た男だ。さすがゲイしかいないだけあって、アプローチが早い。無視してサワーを飲んでいると、今度は反対側にパンイチの男がやってくる。この男にも馴れ馴れしく話しかけられた。

「きれいな人がいるなって思ってたんですよ。どうですか、俺と」

眉をひそめて、お断りします、の「お」を発したとき、パンイチの男にぺらっとバスローブの裾《すそ》をめくられた。「なっ……！」と叫んだせいで、サワーがこぼれる。

「失礼な人ですね。やめてください！」

「いいじゃないですか、少しくらい」

と、バスローブの男にもめくられそうになる。

二対一の分の悪い揉《も》み合いになりかけたとき、柏木が走って戻ってきた。不愉快そうに男たちをにらみつけると、「この人、俺の連れなんで」と椎名の腕を引く。

あまりにも強い力だったので、うっかり柏木の胸にぶつかってしまった。

咄嗟に体を離そうとしたものの、柏木のもう一方の手は椎名の背中にまわっていて、離れられない。抱きしめられた、もしくは抱きとめられた——そう形容してもいい体勢にどぎまぎし、声が上擦《うわず》る。

「は、早いな。もう取材はいいのか？」

「よくないですけど、気が気じゃなかったので戻ってきました。侑さんなら、ぜったい秒でナンパされると思ったんです。案《あん》の定《じょう》でした。今日の埋《う》め合わせは必ずしますので、我慢して俺の側にいてください」

そんなふうに言われると、嫌とは言えない。頬を赤くして大人しく柏木についていく。

連れていかれたのは、プレイエリアだった。

ぐっと照明が暗くなったとはいえ、見えないわけではない。歓談エリアとちがってソファーの他にマットレスもあり、ほぼ全裸の男たちがいたるところで絡み合っている。一気に淫靡《いんび》な空気が濃密になった気がして、ごくりと唾《つば》を飲む。

「奥のほうでそこそこきれいな人たちが、複数プレイをしてるんです。その人たちのプレイを見たら、帰りますから」

「わ、分かった」

運がいいのか悪いのか、柏木の言う『そこそこきれいな人たち』の近くのソファーが空いていた。並んで腰をかけると、まさに真っ最中の光景が目に飛び込んできて、うわあぁ、と心のなかで悲鳴を上げる。

中性的な顔立ちの男が四つ這いのスタイルをとらされている。前の口にも後ろの口にも、男のものを突っ込まれた状態だ。画面のなかではなく、たったいま目の前で行われているということに動揺した。とても直視できずにうつむいたものの、喘ぐ声や肉と肉とがぶつかる音からは逃げられない。

「大丈夫ですか?」

小声で柏木に訊かれて、首を横に振る。

いくらなんでも生々しすぎる。椎名は妄想で満足するタイプなので、ゲイビデオもあまり見たことがない。たちまち鼓動が重くなり、息が苦しくなる。

どう耐えればいいのか分からず脂汗《あぶらあせ》を滲《にじ》ませていると、柏木に抱き寄せられた。

「見なきゃいいんですよ。カップル設定なので、このほうが自然です」

そう言って、椎名の顔を自身のバスローブの胸元に押しつけ、視界を遮《さえぎ》る。耳には手のひらをあてがわれた。

(こ、これは――)

助けられたと解釈していいのだろうか。動悸を打っていたはずの胸の音が、今度は別の意味で忙しくなる。

仕事中に抱き寄せられることなどまずない。バスローブ姿で抱き寄せられることはもっとない。布越しに感じるたくましい胸板に戸惑いつつも、陶然《とうぜん》とする。

それから――汗の匂い。

冷房のよく効いたバーだったが、柏木がほんのりと汗ばんでいることはまちがいない。呼吸するたびに官能的な匂いに鼻腔《びこう》をくすぐられ、マタタビに酔う猫のような心地になった。この状態なら、一時間でも二時間でも過ごせる気がする。

目の前の胸に頬をくっつけ、とくとくと響く柏木の鼓動を聞いていると、視界の隅にいまだプレイ中の三人の姿が映った。柏木の腕のなかという非現実的な空間にいるせいか、先ほどほど抵抗を覚えない。特に見るつもりもないまま、ぼうとした眸《ひとみ》を向ける。

(あ、――)

てっきり椎名は、この三人は凌辱《りょうじょく》プレイに興《きょう》じているのかと思っていた。二人の男がウケ役の男を好きに嬲《なぶ》っているのだと。だが眺めているうちに、二人がかりでウケ役の男を満足させるプレイなのだと気がついた。

ウケ役の男は、「いやぁ……ん」だの「だめぇ……」だのと口では抗《あらが》いつつも、肌を桜色に染めているし、さらなる愉悦《ゆえつ》をねだるように腰をくねらせている。コックリングを装着したペニスは蕩《とろ》けきっていて、雫《しずく》まみれだ。にもかかわらず、次のオスを探しているのが目の動きで分かる。

思ったとおり、前と後ろを攻めていた男たちが果てると、入れ替わりに別の男がやってきた。ウケ役の美人は汗ばんだ顔で微笑み、いまだコックリングをつけたままの下半身を新しい男に擦《こす》りつける。

(すごいな……次から次へと)

今度は大胆にも騎乗位で始まったプレイを眺めているうちに、鼻息が荒くなってきた。椎名も抱かれる側なので、彼がどれほどの快感を味わっているか、容易に想像できる。射精をせき止められているなら、なおさらだろう。全身がまさに性感帯で、唇ひとつ首筋に這うだけで、腰が蕩けるはずだ。

喘ぐ男をじっと見つめる。

途中、息を止めていることに気がつき、「は、っ……」と吐きだす。

自分でもおどろくほど乱れていてうろたえた。すぐさま柏木の胸に顔を埋《うず》め直し、強制的に視界を遮断《しゃだん》する。

にもかかわらず、ちらちらと盗み見てしまうのはなぜなのか。自分の手で両耳を押さえても、彼のねっとりとした甘い声が鼓膜に絡みつき、離れない。

赤の他人のセックスを間近なところで見て、欲情してしまった——。

気づいたときにはすでに遅く、椎名の果芯《かしん》はバスローブのなかで力強く上向いていた。

(こ、これはまずいぞ……困ったことになった)

焦《あせ》れば焦るほど、吐く息が震えて、視界が潤《うる》む。どうにか気を逸らして鎮《しず》めようにも、周りには抱き合っている人たちしかいない。

もぞもぞとひとり太腿《ふともも》を擦り合わせているさなか、柏木と目が合った。

もしかしてずいぶん前から椎名を見ていたのかもしれない。釘《くぎ》づけといってもいいほどの眼差《まなざ》しだ。他人のセックスをこそこそと盗み見ていたことも、実は興奮していたことも知られたのかと思うと、決まりが悪くて頬が赤らんだ。

大丈夫ですか？　と柏木が唇を動かす。

大丈夫なもんか、という意味で首を横に振る。

たぶん伝わったのだろう。柏木が椎名の股座《またぐら》に視線を落とす。『ここ？』と訊かれた気がして、真っ赤な顔でうなずく。

柏木がさっと立ちあがり、椎名の手をとった。

「来てください。いいから」

どこへ行くのか。更衣室のある方向ではない。

早足で歩く柏木に引っ張られながら、何度も唾を飲む。なんとなく自分の身にもセクシャルなハプニングの起こる予感がした。


柏木が滑《すべ》り込んだのは、シングルベッドがひとつあるきりの部屋だった。ベッドサイドに置かれたランプが、ショッキングピンク色の明かりを放っている。

「ここは？」

「カップルルームです。一組ずつしか使えないので、誰も入ってきません」

ということは、柏木と二人きり――。

ほっとすればいいのか、ぎくっとすればいいのか分からない。

どくどくとうるさい自分の鼓動を聞いていると、ベッドへ連れていかれた。椎名の体重で軋《きし》んだベッドが、柏木も上がったことでまた軋む。

「課長のあそこ、見せてください。俺が抜きます」

「や……いや、今日は自分でするからいいよ。とりあえず柏木くんは、後ろを向いててくれないか？　できたらその、耳も塞《ふさ》いでおいてもらえるとありがたい」

枕元に見つけたティッシュボックスを引き寄せようと腕を伸ばしたとき、後ろから抱きしめられた。ぐっと心臓がせり上がり、息をつめる。

薄々こんな展開になるんじゃないかと思っていた。

椎名はいい歳の大人だ。「やめてくれ」と抗うのは簡単だし、柏木を突き飛ばして逃げることもできる。けれど、どちらもしたくない。期待に喘ぐ心を見透かされている気がして、両手で顔を覆《おお》う。息も肌も、みっともないほど震えた。

「別に自分で処理しなくてていいじゃないですか。課長をハプバーに連れてきたのは俺なんだから、俺が責任をとります」

「せ、責任がどうとかじゃなくて、上司と部下でそういう行為をするのはまずいだろ。また月曜日に君と顔を合わせるのがはずかしくなる……」

「じゃ、はずかしくならないように、たくさん抜きましょうよ。それとも課長は、ちょっとだけって言われるほうが安心するタイプですか？」

まるで引かないということは、柏木は椎名の体に触れることに抵抗がないのだろう。

いったいどうしてと、考える余裕はなかった。上司としての自分は、もうどこにもいないのかもしれない。柏木が嫌でないのなら——本当に嫌でないのなら、この体に触ってほしい。生まれてしまった欲に抗えず、おずおずと柏木のほうを向く。

視線が交わった。くんと匂いを嗅《か》ぐように、横髪に鼻先を埋められる。

柏木の吐息を耳朶《じだ》で感じ、また鼓動が乱れる。震える息をついたとき、バスローブの紐《ひも》を解かれた。

「あ……っ……」

もう隠しようがない。バスローブを取り払われてしまうと、素肌だ。

咄嗟に太腿に力を入れる。だが柏木は太腿をこじ開けてまで、椎名の性器に触れようとはしなかった。乳首を撫でてから、胸、そして下腹へ手のひらを滑らせていく。かと思えば、また乳首を撫でられる。焦《じ》らしているようにも思えるし、味わっているようにも思える愛撫だ。

「んぅ……ふ、ぁは……」

やっと露《つゆ》まみれの屹立《きつりつ》を握られた。

いつの間にか太腿から力が抜けていて、か細い声で喘ぎながら柏木の手を受け止める。ピンク色の明かりの効果か、いつもより肉の色がなまめかしく見える。

「さっきの人、コックリングつけてましたね。課長、気づきました?」

ここに、と言いながら亀頭をくちゅっと揉まれ、腰が跳ねた。

「ぁあ……っ」

「すごいエロい人だったな。あの人に釘づけのギャラリーが大半でしたよ。俺は課長を見てましたけど」

やっぱり、と思い、まぶたが火照《ほて》る。だが一瞬感じた羞恥は、亀頭をいじる手にいとも簡単に散らされた。

てっぺんだけを執拗《しつよう》に揉みしだかれ、雫がこぼれる。柏木が椎名の肩から身を乗りだし、悶《もだ》える男根《だんこん》を眺めていることにも昂《たか》ぶった。本来なら隠すべき場所なのに、ひりつくほどの視線を感じ、じょじょに脚の開きが大きくなっていく。

「うっ……はぁ」

たまらず柏木の髪に手を差し込み、目眩《めまい》を覚えるほどの快感に浸《ひた》る。

ああ、早く出したい――いや、だめだ、もう少し。

せめぎ合いのなか、カリ首に親指をかけられた。弾《はじ》くように指を使われ、「あ、っ」と切ない声が迸《ほとばし》る。何度もそれをされて、いっそう快感が高まった。

まだだ、まだ柏木の腕のなかにいたい。必死になって唇を噛む。だが体の奥から突きあげてくる欲望には抵抗できず、視界が霞《かす》んだ。

「ぁ……っ、柏木く、……ぁあ、イク！　……イク――」

もう自分がどこにいるのか分からない。とても高いところに放り投げられた気がする。ぐっと目を瞑《つむ》り、勢いよく精液を放つ。それでも疼きが治まらず、無意識のうちに腰を揺らしていた。

「——す、すまない、また、こんな」

達した途端に我に返るのは、一度目のときと変わらない。

ちがうのは、柏木が椎名の性器から手を放さなかったことだ。白濁《はくだく》にまみれた幹《みき》を扱《しご》き、射精の余韻《よいん》を攪拌《かくはん》させる。次第にじくじくとした熱が生まれ、喉《のど》がひくついた。

「はぁ……あ……」

やめてくれ、こういうことは本当に困るんだ——。

告げなければならない言葉が頭のなかを旋回《せんかい》するだけで、一向に声にならない。これではもっと深い愛撫を望んでいるのがバレてしまう。どうして柏木には毎回毎回、暴《あば》かれるのか。

目許を歪《ゆが》めたとき、柏木の手が逸れた。

親指の腹で後孔《こうこう》を撫でられて、「っあ!」と叫んで伸びあがる。

「だめですか? ここ」

「だっ、だめに決まってるだろ。そこはだって——」

椎名本人しかかわいがらない場所だ。

「アナル、興味あるんですよね。やさしくするんで、ちょっとだけ」

「ちょっとだけって、……何を、あっ」

くりくりと襞《ひだ》を撫でられて、カッと頬が熱くなる。

椎名は自慰にふける際、必ずアナルをいじる。いまではペニスだけでは満足できないほどだ。自分にとっては性感帯。かわいらしい第二の唇。けれど他人にとっては、排泄孔《はいせつこう》に過ぎない。

そんな孔《あな》を柏木が触っている。興奮するなというほうが無理だった。

「だ、だめだ、そんな……っ、はぁ、う……！」

「入りましたね。結構すんなりだ」

くぷりと指の先を埋められて、視界が白くなる。

柏木は椎名の片足を抱きかかえると、奥へ奥へと指を進めていく。

まさか柏木の指をここで味わう日が来ようとは。差し込む角度が椎名とちがう。潤んだ肉壁《にくへき》の探り方も。だから気持ちいい。「は……ぁっ」と不規則に胸を上下させ、瞬《また》く間に生まれた快感のうねりを受け止める。

「もしかして感じてます？」

あられもなく反《そ》り返った性器に気づかれた。これ以上暴かれることにはとても耐えられず、ひたすら首を横に振る。

「本当に？　すごくいいって主張してるように見えるんですけど」

ごくりと唾を飲む音が聞こえた。

もしかして柏木も興奮しているのだろうか。どきっとして目をやった瞬間、体を前へ倒された。思いがけず四つ這いの姿勢をとってしまったことにおどろき、体を縮《ちぢ》める。だがこのスタイルでは後孔を隠せない。あらためて長い指を咥《くわ》えさせられ、弓なりになる。

「っ、や……やめてくれ、そこは……あっ、は……！」

「どうして。課長、さっきより感じてますよね？」

柏木の左手が椎名の前へまわる。先端をすでに蕩けさせている屹立を握られて、もう誤魔化《ごまか》せなくなった。「あ、あ……！」と快楽にまみれた声が出る。

「やっぱりいいんですね。だったらこれ、使ってみます？　あ、課長の心の恋人は使ってるんでしたっけ？」

柏木が手を伸ばしたことで、枕元に大人のおもちゃがあることに気がついた。雑貨屋で売られているような籠《かご》に、バイブやローター、ローションなどが盛られている。

ここはカップルがセックスを楽しむ部屋なのだ。あらためてそれを教えられ、体中がかあっと熱くなる。「や、でも、君……」と、もごついたことを言いながら、バイブを選ぶ柏木の手許を凝視《ぎょうし》する。

「これにしましょうか」

柏木が選んだのは、肉太の雄々しい一台だった。

あ、同じやつ持ってるぞ。——うっかり口走ってしまいそうになり、慌てて唇を引き結ぶ。

じゃっかん太めのフォルムがちょうどよく、カリの張り具合も美しいので、椎名がいちばん愛用している品だ。

「大丈夫ですよ。無理っぽかったら、やめますので」

気づかいの言葉を添えるということは、柏木は椎名が妄想のなかでバイブを登場させているだけで、実際に使っているとは夢にも思っていないのだろう。秘密をひとつ守れたことにほっとした。

「そ、そんな、君……バイブなんて」

口では言いつつも、バイブにローションを塗る柏木を食い入るように見る。

「課長。お尻、こっちに向けてください」

したいのかしたくないのか、確かめる科白だ。

力ずくで押さえつけて挿入しないところが柏木らしい。とっくにその気になっているので拒《こば》む選択肢はなく、おずおずと体勢を変える。柏木が吐息で笑うのが分かった。

「きれいなお尻ですね。十年以上フリーとか信じられないです」

言いながら、第二の唇にバイブをあてがわれる。

慣れ親しんでいるお道具だ。柏木がほんの少し手に力を込めただけで、椎名の肉襞は、くぱっと開き、黒々とした亀頭にしゃぶりつく。自分で躾《しつ》けた体の淫乱ぶりに赤面したが、挿入したのは柏木だ。それだけでも興奮するというのに、バイブモードをオンにされ、わずかな羞恥を蹴散《けち》らかされた。「はあっ……ん！」と甘い声を上げ、背中をしならせる。

「すごい。どうなってるんですか、課長の体」

きっと滾《たぎ》りきった性器におどろいたのだろう。バイブを咥えると、たとえ放った直後でも、力強く勃《た》ちあがってしまうのだ。はずかしいから見ないでくれと訴えるつもりで、かぶりを振る。その間も肉筒《にくづつ》を満たすバイブは好き放題にくねり、椎名を昂ぶらせる。

「あ……っふぅ……あっ、ん、あ……！」

――こんな、極上のハプニングが起こっていいのだろうか。

馴染みのあるバイブの動きも、柏木の手を通してだと、まるでちがう。

湿《しめ》った息を吐き、柏木に攻められているいまを味わう。一糸《いっし》まとわぬ姿だけでなく、後孔の襞のひとつひとつまで知られてしまったので、椎名にはもう隠すものがない。

一方、柏木はまだバスローブを着ている。

少し欲が出た。できたら快楽を分かち合いたいと。

「き、君は、あの」

と、後方へ顔を向ける。

「いいのか、そのままで。……なんていうか、自分のものを挿入したりとか、その」

口ごもりながらだったので、柏木はよく聞きとれなかったらしい。しばらく椎名の顔を眺めてから、「ああ」と苦笑する。

「ガチでセックスしたらだめでしょう。取材の名目《めいもく》で課長をハプバーに連れてきたんですから、課長とヤッたら取材じゃなくなります」

「そ、そうか……なるほど」

この期《ご》に及んでその線引きは必要なのかと訊きたくなったが、そもそも柏木はノンケだ。同性とセックスするなんて無理なのかもしれない。

いや、でも――。

(だめもとで誘うくらいなら、許されるか……?)

悶々《もんもん》と考えているさなか、バイブを抜くことなく体を表に返された。

いきなり柏木と間近なところで対面してしまい、はっとして息を呑む。

「顔、見せてください。せっかくなので」

「待っ、……や」

「どうして。課長はプレイエリアにいたどの男よりも、色っぽいですよ」

ただでさえ乱れているときに、もっと乱れるようなことを言わないでほしい。すぐ近くにある端整な顔と見つめる眼差しに炙《あぶ》られて、ますます肌が熱くなる。

「き、君は……構わないのか? 俺とこんなことをして」

「ま、ふつうに考えて、嫌ならカップルルームには連れ込まないですよね。トイレの場所を教えて終わりです」

しみじみとうれしくなる言葉だ。胸のなかで反芻《はんすう》するつもりが、柏木に片足を担《かつ》がれたせいで、思考が散ってしまう。

「ひゃっあ、う……！」

くねるバイブがいっそう深い場所に埋まり、目の奥で鮮《あざ》やかな光がいくつも明滅《めいめつ》する。まるで柏木と正常位でセックスしているようだ。ぐうううという振動とともに激しく媚肉《びにく》をかきまぜられ、息をするのも難しい。我を忘れて柏木にしがみつき、抱き寄せる。大粒の汗がこめかみを伝った。

「課長、いい顔……気持ちいいですか？」

柏木の吐息が熱い。ぞくぞくしながら、夢中でうなずく。

極上のハプニングは、極上の快感を連れてきた。堪能するという言葉は、今日のような日のためにあるのかもしれない。

＊＊＊＊

――いったい俺と柏木《かしわぎ》は、どういう関係なんだろうな。

最近とらわれている疑問を胸に、椎名《しいな》は屋上へ続く扉を開ける。

昼休みが終わる十五分前、冷房で冷えた体を屋上でオフにするのが椎名の習慣だ。

三十度を超える気温のなか、好き好《この》んで屋上へ来る社員は椎名の他にはいない。だからほっとする。青く澄んだ空も、暴力的な陽射しもひとり占めだ。

ネクタイを緩《ゆる》めて、階段室の壁に背中を預ける。考えるのは、柏木のことだ。

『じゃ、課長また。今度は取材じゃなくて、本当のデートをしましょうね』

ハプニングバーに行った日の、別れ際の柏木の科白《セリフ》がそれだ。

椎名はバイブで散々乱された照れもあり、『君とデートなんてするもんか。どこへ連れていかれるか、分かったもんじゃない』と赤い顔で応《こた》えた気がする。

取材だろうがデートだろうが、柏木はまた口実を作って誘ってくるだろう。当たり前のようにそう思い込んでいたからだ。

ところが三日過ぎ、四日過ぎ、何もないまま盆休みが終わり、ようやく気がついた。

ああ、社交辞令だったんだな、と。

――それからずっと、足許《あしもと》がぐらつくような不安感に苛《さいな》まれている。

柏木には裸を知られたし、体にも触れられた。けれど、それだけだ。

もともと、特別仲のいい上司と部下というわけではなかったし、仕事以外のことで電話やメールをしたこともない。セックスに準ずる行為に及ぶということは、それなりに親しい関係を築いているのがふつうだと思うのだが、椎名と柏木の関係には、そこがすっぽ抜けている。

だからここから先、どう進めばいいのか分からない。

たとえば休日に柏木の声が聞きたいと思ったとき、椎名のほうから電話をかけるのはありなのかなしなのか。椎名の感覚ではなしだ。急いで確認したいことでもない限り、休日に部下のスマホは鳴らせない。

ならば、会社の外で会いたいと思ったときはどうすればいいのか。仕事帰りに食事に誘うことくらいならできるだろう。しかし椎名には、柏木の他に五人の部下がいる。柏木だけ誘うのは、課長として抵抗がある。

せめて柏木のほうからアクションをとってくれれば、それをきっかけにできるだろうが、柏木はハプニングバーに行ってからというもの、どことなく様子が変わってしまった。あまり椎名を見ないし、仕事中の表情も冴えないのだ。

入社当時から淡々と仕事をする部下だったので、通常といえば通常だ。けれど柏木のさまざまな表情を知ったいまは、引っかかる。もしかして椎名に興味をなくしたのかもしれない。

——こんなことばかり、毎日毎日考えている。

「なんなんだろうな」

空を見上げ、陽射しに炙《あぶ》られながら自分に問いかける。

おそらく恋煩《こいわずら》いだ。悔しいが、それ以外考えられない。

きっと一目惚れだったのだろう。柏木の安否《あんぴ》確認をした日、換気扇《かんきせん》の下で煙草を吸う横顔に心を奪われた。あの日からずっと、椎名の胸には柏木がいる。

とっておきのスーツで柏木の部屋を訪ねたのも、ハプニングバーのカップルルームで抗《あらが》うことなく身を任せたのも、恋。

(恋か。……ま、恋だろうな)

柏木の真夏を思わせる眼差《まなざ》しが好きだ。まっすぐに射貫《いぬ》くあの強さがいい。それからしたたかでありながら、少年らしいかわいさを併《あわ》せ持つところ。椎名がみっともない姿をさらしても、一度も嗤《わら》わなかったところもいい。それどころか、課長はかわいいですよ、きれいですよと、花を差しだすように伝えてくれる。一輪、また一輪と、椎名の心を飾る花を。

(俺が上司じゃなかったら、どうにかできたかな。……いや、七つも年上の時点で厳しいか。何よりあいつはノンケだし)

そろそろ一時が来る。オフィスへ戻るつもりでネクタイを締め直したとき、階段室の扉が開いた。

反射的に目をやり、ぎょっとする。現れたのが柏木だったからだ。

柏木は柏木で、まさか屋上に椎名がいるとは思ってもいなかったらしい。椎名以上に目を丸くして、「えっ、課長?」と素《す》っ頓狂《とんきょう》な声を上げる。

「何やってんですか、こんな暑いところで」

「何って……私は体温調整だよ。冷房は好きじゃないんだ。君こそどうした」

「俺は一服しに来ただけです。喫煙室の換気扇の調子が悪くて。あ、もしかして屋上って禁煙ですか？」

「あー、どうだろう。携帯用の灰皿を持ってるなら、吸っても構わないんじゃないのかな」

言葉を交わしながらも、椎名の心臓は破裂しそうだった。

結局その日は、灰皿がないということで椎名とともにオフィスへ戻った柏木だが、翌日の昼休み、またしても椎名がいるときに屋上へやってきた。携帯用の灰皿の他に、ちゃっかりうちわまで持ってきている。

「どこにあったんだよ。備品庫か？」

「ええ。処分予定の箱のなかに」

柏木は「どうぞ使ってください」と椎名にうちわを差しだすと、自分は煙草に火をつける。

「なんか久しぶりですね。元気でした？」

どうしてこういうことをさらりと言うのか。おかげで胸がじんとして、頬が赤らんだ。

久しぶりも何も、昨日も今日も同じオフィスで働いている。柏木は課長としての椎名ではなく、プライベートで二度会った椎名侑人《ゆきと》に話しかけているのだ。

プライベートモードの柏木にはもう会えないかもしれないと思っていたので、素直にうれしい。椎名もとぼけることなく、「久しぶり」と目許をほころばせる。

「俺は元気だよ。柏木くんは？」

「んー、正直に言うとやつれてます。副業のほうが忙しくて。実は今日も徹夜明けなんですよ」

副業――そうか、柏木はマンガ家だ。椎名は鹿南《かなん》物産のカレンダーどおりの生活をしているので、副業を持つ柏木の忙しさを忘れていた。

「じゃあ、休日は……？」

と、どぎまぎしながら尋ねる。

「全然ないですよ。お盆休みもずっと原稿してましたし。出勤する以外で家から出るのって、弁当を買いに行くときくらいです。最近はそれも厳しくなって、買いだめしたパンを食べてるほどなんで」

げんなりした顔で煙草を吸う柏木を両目に映しながら、そうか、そうだったのかと、胸のなかで繰り返す。

ここのところ、椎名に関わってこないのは、てっきり椎名に興味をなくしたせいかと思っていたのだが――まあ、多少はそれもあるかもしれないが――、柏木には多忙という大きな理由があったのだ。

「マンガ家という仕事はなかなか大変なんだな。お疲れさま」

「好きでやってることだから、踏ん張れてるようなもんです。会社勤めでこれならブチ切れてるでしょうね。週に二日も三日も徹夜してろくにメシも食えないって、ブラックどころの話じゃないですから」

マンガのことは椎名には分からない。けれど柏木が懸命に創作に取り組んでいることは伝わった。がんばれよとエールを込めて、その横顔をうちわであおいでやる。

「君はどうしてマンガ家になったんだ？　知ったとき、正直おどろいたよ。それもなんていうか、ジャンルがジャンルだったし」

柏木が「あー」と間延びした声を出し、短くなった煙草を消す。

「もともと絵は描けたんです。絵画教室に通うほど好きだったから。ただ、美大に進学できるほどの才能はなくて。でも絵はずっと描き続けていきたいなと思ってたとき――」

ふと、柏木が椎名を見た。

「課長は官能小説を手にとったことあります？」

「いや。ないよ。男女ものだろ？」

「そっか。ま、そうですよね」

柏木いわく、たまたま書店で見かけた官能小説の表紙が恐ろしいほど美しかったらしい。アニメを思わせるイラストではなく、写実的で品があり、絵画に近かったのだとか。

「俺が知ってるエロ絵じゃなかったんですよ。俺も写実的な絵を描いてたから、すごく興味が湧いて。一枚絵でエロスを表現できるのってすごくないですか？　自分でも官能をテーマにしてイラストを描いてるうちに、いっそのこと物語にしてもおもしろいんじゃないかなと思って、そこからエロ描写ありのマンガを描くようになったんです」

意外な経緯《けいい》でおどろいた。

だが、たけもとちんのタッチを思い浮かべると、納得がいく。「なるほどなぁ」とうなずいたとき、うちわをさらわれた。今度は椎名が柏木にぱたぱたとあおがれる。

「なんか照れます。課長とこんな話をするなんて思ってなかったので。俺も課長のこと、いろいろ訊いていいですか？」

「いいよ。なんだ」

「えっと、じゃあ好きな食べものは？」

ははっと笑ったのは、くすぐったかったからだ。かわいらしい質問でくすぐったい。心地いい風を頬に感じながら、「そうだなぁ」と頭を巡らす。

「辛《から》いものが好きだよ。チゲ鍋とかトムヤムクンとか。トッポギも」

「あ、いいですね。俺も好きです。お酒は何を飲まれます？　暑気払《しょきばら》いの飲み会では、冷酒を飲まれてましたよね」

「日本酒が好きなんだ。ビールやワインも飲むよ。家で飲むのは、もっぱらチューハイだ」

柏木が「へえ」と相槌《あいづち》を打ち、あおぐ力を強める。前髪を散らされた。

「課長ってモテるでしょ。見た目はきれいな高嶺《たかね》の花っぽいのに、中身はちょっとズレてて、かわいいから」

「俺のどこがズレてるっていうんだ。いたってふつうの三十五歳だろ」

「んー、どうだか。本当は彼氏、いるんじゃないですか？　四、五人くらい」

「四、五人⁉　そんなわけあるか。俺にちょっかいを出してくるのは、君くらいだよ」

「本当に？」

わざとなのかしつこいほどあおがれて、声を立てて笑う。

風が強すぎて、柏木の顔が見えないほどだ。「こら、やめろ」とうちわを奪い、今度は椎名が強風を作りだす。

柏木が弾《はじ》けるように笑った。

（ああ、いいな。こういう感じ）

少しだけ、柏木との間にある『すっぽ抜けている部分』が埋《う》まったような気がする。

昼休憩という限られた時間でなければ、椎名はいつまでも柏木といっしょに屋上にいたいと思っただろう。


柏木は次の日も屋上へやってきた。

――ということは、今日も来るかもしれない。

二日続いた十五分弱のやりとりに、これほど満たされるとは思ってもいなかった。椎名はちらちらと階段室の扉を気にしつつ、空を眺めるふりをする。

柏木が来るならきっとそろそろだ。

思ったとおり、ギィと軋《きし》む音を立てて扉が開く。

「か、――」

笑顔で振り向いた瞬間、頬が強張《こわば》った。

扉の前に立った男が「よう」と笑いかける。柏木ではない。同期の柳瀬《やなせ》だ。

「お前が階段をのぼっていくのが見えたんだよ。こんな暑いところで何やってんだ?」

「……別に」

よりによって、社内でもっとも苦手な男と鉢合《はちあ》わせることになろうとは。

柳瀬と休憩時間を過ごすくらいなら、オフィスへ戻るほうがましだ。「お先に」と平淡な声で告げ、柳瀬の脇を通りすぎる――つもりが、腕を摑まれた。

「待てよ。逃げなくてもいいじゃないか。久しぶりに話をしよう。ちょうどお前に言いたいことがあったんだ」

「悪いな。またにしてくれ」

振り払おうにも、柳瀬の手が離れない。それどころか強引に抱き寄せられた。

「なんなんだ、放せよ!」

「クラブ・モルフォ」

「……え?」

どこかで聞いた覚えがある。

光沢のある青い蝶《ちょう》を思い浮かべたとき、いつか見たチャームが脳裏《のうり》をかすめた。そうだ、クラブ・モルフォ。柏木が一度だけ口にしたハプニングバーの名前だ。

「さあ、知らないな」

答えたものの、手遅れだろう。記憶をたぐる横顔を柳瀬にしっかり見せてしまった。

「おどろいたよ、椎名。まさかお前があんなところに出入りしてたとはな」

「………」

「気づかなかったのか？　俺は通りを挟んで向かいのカフェにいたんだよ。それも窓際のカウンター席に。だからビルに入るお前の姿をこの目で見てる」

ビルの向かいにカフェ。──あったような気がする。気にもとめていなかったが。

「やめてくれ。人ちがいだろ。俺に似た男なんかどこにでもいる」

「人ちがいなもんか。お前とは毎日のように顔を合わせてるし、体だって……なあ？　一度は付き合った仲だろ。お前かお前じゃないかくらい、遠目でも見分けがつくさ」

嫌な言い方だ。早くこの場から立ち去りたい一心で、もう一度腕を振る。

「しつこいな。そんなバーは知らないし、行ってない！」

「バー？」

わざとらしく瞠《みは》った目で訊き返されて、まちがいを犯したことに気がついた。

気温とは関係のない汗が椎名のシャツを濡らす。本当にクラブ・モルフォを知らないのなら、バーではなく、クラブと表現するだろうに。

柳瀬が肩を揺らして笑い、付き合っていた頃のように椎名の髪をもてあそぶ。

「モルフォは、そこそこ老舗《しにせ》のハプニングバーらしいな。それもちょうどあの日は、ゲイが対象のメンズデーだったとサイトで見たぞ。土曜日の昼日中から男漁《あさ》りとは恐れ入った。その日出会った男とセックスするほど、お前は飢《う》えてるのか？」

「……してない、そんなことは」

蚊《か》の鳴くような声で答えた椎名を、柳瀬が横から覗き込む。視界の端に、ニッといやらしく歪《ゆが》む唇が見えた。

「椎名。俺が抱いてやるよ。最近のお前は妙に色っぽくて気になってたんだ。素性《すじょう》も分からない男と寝るより、俺のほうが安心だろ。一応付き合ってたんだからな」

「な、何を……お前――」

耳許で告げられた言葉がとても信じられず、声がかすれた。

好きでもない男に脅《おど》されて抱かれるなど、もっての外《ほか》だ。全身に鳥肌が立つのを感じながら、柳瀬を見返す。

「ふざけるな……！　お前、結婚するんだろ!?　よくそんなことを口にできるな！」

「結婚は結婚、これはこれだ。俺とお前の秘密にしておけば、誰にもバレないさ。お前だってハプニングバーで男を漁ってたこと、会社の人間には知られたくないだろ？　実はゲイでアナルセックスが大好きなこと、バラしてやろうか？　怪文書一枚であっという間に広まるぞ」

「――――！」

会社中の噂になり、窮地《きゅうち》に立たされる自分の姿がまざまざと脳裏に浮かんだ。

どうすればこの脅しから逃げられるのか。忙《せわ》しなく頭を巡らすも、打開の策が何ひとつ思いつかない。青ざめた顔で視線をさまよわせていると、柳瀬に髪を鷲掴《わしづか》みにされた。ピリッとした痛みが頭皮《とうひ》に走る。

「ヤらせろよ。――心配するな。俺が飽きたら捨ててやる」

耳朶《じだ》に触れた生温かな息に顔を歪めたとき、階段室の扉が開いた。

柳瀬と揃って視線を向ける。

（あっ――）

屋上へやってきたのは柏木だった。

すかさず柳瀬が「取り込み中だ。出ていけ」と、営業課の課長の顔で言う。だが柏木は引き返すどころか大股《おおまた》で歩んできて、椎名の腕から柳瀬の手を引き剝《は》がす。その力があまりにも強くて、助けられた椎名だけでなく柳瀬もよろめいた。

「おい、なんだお前！」

「総務課の柏木です。柳瀬課長、すみません。盗み聞きするつもりはなかったんですが、あなたの声が大きいから、すべて聞こえてしまいました」

柳瀬の表情に動揺が走る。

ごくりと唾《つば》を飲んだとき、柏木が椎名を見た。

「大丈夫ですか?」と訊きながら、先ほど柳瀬に摑まれた髪を撫でてくる。「ああ」とうなずいたものの、動悸は治まらない。柏木に寄り添い、震える息を吐く。

「クラブ・モルフォ」

柳瀬と同じように、柏木がその名を口にする。

「あのハプニングバーには、俺が椎名課長を連れていったんです」

「お前が?」

訝《いぶか》しげに訊き返す柳瀬の声と、「柏木くん!」と咎《とが》める椎名の声が重なった。

どうして自分から暴露するのか。思わず柏木の腕を揺さぶったが、柏木は椎名を見なかった。その目は柳瀬をにらみつけている。

「椎名課長をはずかしがらせたかったんですよ。俺の趣味みたいなもんです。この人、俺より年上なのに奥手だから。ま、そこがかわいいんですけどね」

「……は?」

「俺、椎名課長とお付き合いさせていただいているんです」

お付き合いという言葉にぎょっとして、またもや柏木を見る。

椎名だけでなく、柳瀬もおどろいたらしい。大きく目を瞠り、だがすぐにおかしそうに肩を揺らし始めた。

「おいおい、上司に助け舟を出したつもりか？　どうしてお前みたいな冴えない若造と、椎名が付き合うってんだ」

「分かりませんでした？　クラブ・モルフォで椎名課長といっしょにいた男は俺ですよ」

言いながら、柏木が眼鏡を外す。

その瞬間、柳瀬が息を呑み、「あっ……！」と呟くのが確かに聞こえた。

「俺と椎名課長は、恋人同士なんです。休日に二人でハプバーに行くのは自由でしょう。けれど柳瀬課長は、ご結婚を控えてらっしゃいますよね。モルフォに出入りしていて大丈夫なんですか？　それもメンズデーですよ？　婚約者の方もそのご両親もずいぶん寛大《かんだい》なんですね。ふつうなら、破談案件だと思いますけれど」

見る見るうちに、柳瀬が顔を赤くした。

「勝手なことを言うな！　俺は椎名がビルに入るのを見ただけだ。モルフォには行ってない！」

「またまた。とぼけないでくださいよ。柳瀬課長、歓談エリアでグラス片手に、男を物色《ぶっしょく》してたじゃないですか。プレイエリアも覗いてましたよね？　俺、ずっとあなたを見てたんです」

えっ、と心のなかで声を上げる。

柳瀬がモルフォに来ていたなど、椎名は一言も聞いていない。

不安げに柏木を窺うと、背中をさすられた。大丈夫ですよと言うように、大きな手のひらが何度も行き来する。

一方、柳瀬のほうは傍目《はため》にも分かるほど狼狽《ろうばい》していた。

普段の自信家で傲慢《ごうまん》な彼と同一人物とはとても思えない。「人ちがいだ！」と叫ぶと、握った拳《こぶし》をわななかせ、椎名を見る。

「お、お前は……節操《せっそう》なしだな。はずかしくないのか、部下に手を出して」

腹立ちまぎれにぶつけてきた言葉だろう。だが思いの外、胸に刺さり、苦しくなった。

七つも年下の男に惹《ひ》かれて、大人らしい振る舞いもできず、ただただ、恋い焦《こ》がれている。傍から見ればとても滑稽《こっけい》で、笑える姿にちがいない。わずかな時間でいい、柏木の目に映りたい。声が聞きたい。会いたい。――部下に対してそんな想いを抱くこと自体、きっとみっともないことなのだ。

「俺は別に……そんなつもりじゃ……」

かすれた声を絞《しぼ》りだしていると、となりで柏木が吐き捨てた。

「どっちが節操なしなんだよ」

柳瀬が「なんだと！」と眉をつり上げる。

「いや、だってそうでしょう。どの口が言ってんだって話になるじゃないですか。だいたい俺は、椎名課長に手を出されてません。俺が手を出したんです。――聞こえました？　大事なことなんで、二度言いますね。お、れ、が、手を出したんです。こんな真面目で美人でかわいい人、見たことなかったから、俺のほうが惚れて口説《くど》き落としたんですよ。そこ、勘ちがいしないでもらえます？」

柏木は普段から眼差しが強い。けれどこれは、腹を立てているときの目つきだ。どこからどう見ても不機嫌一色の眼差しで、椎名がびっくりするようなことを柳瀬に突きつける。

「柳瀬課長。この際だから言っておきますけど、十年以上も前に椎名課長とは終わってるくせに、元彼ヅラするのはやめてもらえませんか？　あんたさ、かなり厚かましいよ。こんな美人がいつまでもフリーなわけないだろ。この人はもう俺のものなんだ」

とどめを刺した柏木が、椎名の腰を抱く。

まるで本当に愛《いと》おしい人を抱き寄せるような仕草だ。頭のてっぺんからつま先まで、真っ赤に染まる心地がした。

「……なんなんだ、お前らは……」

柳瀬は椎名と柏木を交互に見ると、ぎりっと奥歯を噛みしめる。

怒りなのか、焦《あせ》りなのか分からない。だがその顔は、椎名以上に赤い。

「と、とにかく！　俺はハプニングバーになんか行ってないからな！」

捨て科白を吐いた柳瀬が、もつれる足どりで屋上をあとにする。椎名は柏木に腰を抱かれたまま、呆然とその様子を眺めていた。

「――申し訳ありませんでした！　俺が課長をモルフォに連れていったばかりに、こんなことになってしまって！」

終業後、二人で入ったカフェで、柏木ががばっと頭を下げる。

一方、椎名は疲弊《ひへい》にまみれた息をつき、額《ひたい》にハンカチを押し当てる。

「いや、俺のほうこそすまなかった。柳瀬とのことに君を巻き込んでしまって」

正直なところ、今日の午後はまったく仕事にならなかった。普段どおりの顔で業務に勤《いそ》しもうにも、ふとした瞬間に屋上での出来事がよみがえり、気持ちがざわつく。

柳瀬に脅されたことにもおどろいたが、絶妙なタイミングで柏木がやってきて、恋人のふりをして助けてくれたことにもおどろいた。恐ろしい悪夢と、とびきりの吉夢《きちむ》を同時に見た気分だ。いまだに心臓が不規則なリズムを刻《きざ》んでいる気がする。

「ところで柏木くん。あのバーで柳瀬を見たっていうのは本当なのか？」

ひそめた声で切りだすと、柏木が届いたばかりのアイスコーヒーをストローでかきまぜながら、あっさり首を横に振る。

「いえ、見てません」

「えっ！　うそだったのか？」

「うそっていうか、ハプバーのメンズデーに来た男がやりそうなことを言っただけですよ。ていうか、やるでしょ。グラス片手に男探し。そういう場所なんですから」

平然と言い放つ柏木を見て、目眩《めまい》を覚えた。

とてつもない肝《きも》の太さだ。椅子に座っていなければ、へたり込んでいたかもしれない。テーブルに肘《ひじ》をつき、こめかみを揉《も》む。

「そうか、そうだったんだな。いや、君があのバーで柳瀬を見たって言うから、俺はすごくおどろいて……。だけど柳瀬のうろたえぶりを見る限り、本当に来てたようだな。眼鏡を外した君の顔にも見覚えがあったみたいだし」

「来てたでしょうね。だって課長に対する脅し方が変でしたもん」

柏木はテーブルに身を乗りだすと、椎名に顔を近づける。

「柳瀬課長は、ビルに入る課長を見たって言ってたじゃないですか。だけどあの日、俺は課長と手を繋《つな》いでビルに入ったんですよ？　本当に近くのカフェからそれを見てたなら、『あの男は誰だ。彼氏か？』って、そっちを突っ込むでしょう。でも柳瀬課長は、そんなこと言いませんでしたよね？　それってようするに、ハプバーの外で課長を見たんじゃなくて、ハプバーのなかで見たってことですよ」

柏木はアイスコーヒーを一口飲むと、おかしそうに唇をもぞつかせる。

「ま、言えないですよね。ハプバーでお前を見たぞとか。自分もその場にいた以上、脅しにならないですし。たぶん柳瀬課長は、プレイエリアで俺たちを目撃したんだと思います」

「プレイエリアで？　どうして分かるんだ」

「ほら、複数の人と大胆にあれこれしてた人がいたじゃないですか。アソコにほにゃららリングをつけてた人。ギャラリーの視線を一身に集めてましたから、柳瀬課長もあの人を見てたんじゃないですかね」

「あ、なるほど。だったらあの人を見ているうちに、ソファーにいる俺に気がついて、という感じかな」

「ええ。おそらく」

はぁと息を吐きだして、椎名もアイスコーヒーで喉《のど》を潤《うるお》す。

「なんだかすまないな。君がいてすごく助かった。ありがとう」

「気にしないでください。もとはといえば、俺の迂闊《うかつ》さが招いたことですし。もし柳瀬課長がまた何か言ってくるようでしたら、教えてくださいね。俺が課長の彼氏として、あの人と話をします」

柏木が軽く肩を竦《すく》めて、「ま、冴えない若造ですけど」とつけ加える。柳瀬がどさくさにまぎれて捻《ね》じ込んできた悪口を、ちゃんと聞いていたらしい。

「いや、君ほど顔面偏差値《へんさち》の高い男はいないよ。その眼鏡が邪魔してるだけだ」

前から思っていたことを言うと、柏木は「え、まじですか？」と機嫌よさげに笑う。

強いはずの目許が途端にやさしくなる、この笑顔が好きだ。それから年の差を感じさせない、ざっくばらんな言葉づかい。なんだか直視するのに照れてしまい、アイスコーヒーのストローをもてあそぶ。

（課長の彼氏として、か――）

二度と柳瀬には脅されたくないが、柏木が彼氏のふりをしてくれるのなら、それも悪くないなと、血迷ったことを考えてしまう。

それほど『課長の彼氏』という言葉には威力があるし、響きも甘い。俺のほうが惚れて口説き落としたんですよとか、この人はもう俺のものなんだとか、苛立《いらだ》った口調で柳瀬に告げる柏木を思いだすと、全身が蕩《とろ》けてしまいそうになる。

「君はいいのか？　こんな年上の上司を相手に、彼氏のふりなんて」

一応確かめておきたくて尋ねると、柏木が眉根を寄せる。

「課長は、ときどきそういうことを訊きますよね。君は構わないのかとか、嫌じゃないのかとか。癖ですか？　ふつう、やりたくないことはしないですよ。仕事じゃないんですから」

「あ……」

真顔で指摘されて、頬が赤らむ思いがした。

無意識のうちに肯定《こうてい》の言葉を欲していたのだろう。あまりにも長い間、恋愛から遠ざかっていたせいかもしれない。

「まあ、うん、癖かな」

苦笑まじりに目をしばたたかせる椎名を、柏木が覗き込んでくる。

「逆に訊きますけど、課長は俺に彼氏のふりをされるの、嫌じゃないですか？　以前、好みのタイプは年上だって言ってましたよね？　俺、結構年下ですよ？　二十八ですから」

言われて思いだした。いつだったか、椎名は自分を律する意味で、年上の男が好みだと柏木に告げたのだ。

けれど本当は年齢など関係ない。柏木が相手なら最高だ。

「俺は嫌じゃないよ。まったくもって嫌じゃない。君が彼氏のふりをしてくれるなら、むしろうれしいくらいだ」

「ほんとに？」

「もちろん」

柏木が「よかった」と目許をほころばせる。

その自然な笑顔を見て、勇気が湧いた。課長としての自分にとらわれていると、一歩も進めない。さりげなく喉の調子を整えて、「柏木くん」と呼びかける。

「よかったら今夜の夕食、いっしょにどうかな。助けてもらったお礼にごちそうするよ」

「あー、すみません。俺、帰ってマンガ描かなきゃまずいんで。課長の気持ちだけいただいておきます」

そうだ、柏木は副業持ちだった。

我ながらタイミングが悪い。が、ここでくじけず、すぐに次の手を口にする。

「だったら、週末に差し入れを届けに行かせてくれないかな。弁当でも惣菜《そうざい》でも、君の好きなものを届けるよ。だってほら、ここのところ、買いだめしたパンばかり食べてるって言ってたじゃないか。さすがにそれじゃ、体が持たないよ」

いや、自宅に押しかけるのは迷惑かと気づき、「もちろん、届けたらすぐに帰る。アイスコーヒーを奢《おご》るだけじゃ、俺の気が済まないから」とつけ加える。

だが柏木は、ぽかんとした表情だ。

この案でも断られるようなら、どんなふうに距離を縮《ちぢ》めていけばいいのか分からない。やはり恋愛経験が少ないと、うまくいかないものなのだろうか。

気まずさに耐えるため、テーブルの下でハンカチを握りしめていると――。

「課長は料理とかする人ですか？」

ふいに訊かれて、はっとする。

「あ、ああ。それなりに」

「だったら、俺んちでメシ作ってくれませんか？　差し入れで弁当とかもらうより、そっちのほうが断然いいです。本当にここんとこ、まともなもんを食べてないんで。手料理って憧《あこが》れなんですよね。課長もいっしょに食べましょうよ。米は炊《た》いておきますから」

弁当でも惣菜でもない、まさか手料理をリクエストされるとは――。

不格好ながらも思いきってカエル跳びをしたところ、地面にめり込むどころか、雲の上に着地した気分だ。

いいのか？　と反射的に訊きそうになったのを、しっかり呑み込む。

「お安い御用だ。じゃあ今度の休日、食材を用意して君の家にお邪魔するよ」

「ありがとうございます。待ってます」

ガッツポーズを作った柏木が、「やった。言ってみるもんだな」とぼそりと呟く。それがたまらなくうれしかった。

椎名は料理が特別得意というわけではない。

だがひとり暮らしが長い分、困らない程度には作れる。柏木に何か食べたいものはあるかと訊いたところ、「あー、肉が食いたいです。生姜焼《しょうがや》きとか」と返ってきたので、リクエストどおり、豚肉の生姜焼きを作ることにした。

日曜日の十一時――柏木の部屋のチャイムを鳴らす。もうスーツで訪問するなど、馬鹿なことはしない。いたってふつうの普段着だ。

扉を開けた柏木が、「お疲れさまです」と笑いかける。

「うれしいです。本当に来てもらえるなんて」

「君の期待どおりの味を提供できるかどうかは分からないよ？　普段は自分のためにしか作らないから」

「全然全然。課長に食事を作ってもらえること自体がうれしいんです」

キッチンに案内された。まずは持参した紙袋からガラスの保存容器をとりだす。

「柏木くん、これは差し入れだ。日持ちするものを作ってきたんだ。牛肉のしぐれ煮と人参《にんじん》とツナのサラダ。今日の夕食か、明日にでも食べてくれ」

「え、すごい。ありがとうございます」

素直に目を大きくする柏木を見て、心が弾《はず》んだ。

これからもこのアパートを訪問できるかどうかは、自分のがんばり次第だと思っている。ノンケで巨乳好きの柏木と恋人同士になるのは夢のまた夢でも、まずは仲のいい上司と部下を目指したい。

「さて、キッチンを使わせてもらうよ。柏木くんは気にせず仕事をしてくれたらいいから」

「すみません。じゃ、お言葉に甘えて」

柏木がデスクにつくのを見届けると、椎名はエプロンを着けた。

意中の部下の部屋で、彼のために料理を作るなど、幸せすぎて顔がにやける。ダイニングと仕事部屋を隔《へだ》てる間仕切りは開け放たれているので、キッチンから振り返るたび、柏木の横顔が視界に入るのもいい。

（ふぅん。最近のマンガはパソコンを使って描くんだな）

仕事中の柏木をときどき眺めつつ、まずはつけ合わせのキャベツを千切りにしていく。

続いて野菜スープを作り、メインの生姜焼きの調理にとりかかったときだ。柏木がキッチンにやってきた。

「課長。やっぱり落ち着かないので手伝います」

「それだと本末転倒じゃないか。俺は君の仕事を邪魔するために来たわけじゃないよ」

「気分転換だと思ってください。実は新作を描くようになってから、あまり調子がよくないんです」

「え、どうして。何かあったのか？」

柏木はなかなか答えようとしなかった。「あー」だの「んー」だのと言いながら、千切りのキャベツを皿に盛っている。

「課長は女の人、無理でしょ？　もし巨乳の三姉妹に迫《せま》られたらどうします？」

「どうしますって、どうにもできないだろ。おそらく沫《あわ》を吹いて気絶するんじゃないかな。生き地獄だよ、そんな状況は」

柏木が「ですよね」と目を伏せる。

「いま、課長をモデルにした新作を描いてるんですけど、なんていうか、課長と巨乳三姉妹を絡《から》ませることに、すごく抵抗が生まれたんです。課長の内面を知ったせいかもしれません。ネタを思いついたときは、めちゃくちゃ興奮したのに」

「そんな、君――」

フライパンで豚肉を焼きながら、柏木を見る。

「モデルはあくまでモデルだろ？　俺自身が実際に肉づきのいい女性に迫られるわけじゃないんだから、気にせず自由に描けばいい」

「でも、課長的には気持ち悪くないですか？」

「どうして。俺が俺である以上、現実の世界でおっぱいまみれになることなんてないんだ。だけどマンガの世界ならありうる。おもしろいじゃないか。俺は君のマンガは読めないけど、それとこれとは話が別だ。大家《おおや》さんのように君のファンだっているんだから、余計なことは考えずに、思いきりやったらいいさ」

いつまで経《た》ってもうんともすんとも返ってこないのが気になり、もう一度柏木を見る。

なぜか棒立ちになっていた。

「どうした」

「あ、や、すみません、びっくりして。課長にそんなふうに言われるなんて、想像もしてなかったから。俺、新作がうまく描けないのは、バチが当たったせいだと思ってたんです」

「バチ？　なんの」

「調子に乗って、課長にちょっかいを出したバチですよ。ふつうは人に話さないことを無理やり言わせたし、体にも触ったし、騙《だま》し討《う》ちみたいな形でハプバーに連れてったし。当たるでしょ、バチ」

なるほど、そういう考え方もあるのかと思いつつ、肉の切れ端を味見する。

タレがよく絡んでいるし、焼き加減もちょうどいい。我ながら満足いく出来栄えだ。よしよしとひとりうなずき、皿に盛りつけていく。

「柏木くん。ごはんをよそってくれ。生姜焼きができたから」

「あ、はい」

──言うか、言うまいか。二人分の昼食の席を整えながら考える。

言えば、きっと柏木はほっとするだろう。けれど椎名としてははずかしい。とはいえ、いまより先を望むなら、ちゃんと伝えたほうがいい気がする。

「課長、スープまで作ってくれたんですね。おいしそう」

「ひとり暮らしだと、野菜不足かなと思って。夏に温かいものを飲むのもいいぞ」

向かい合ってダイニングテーブルにつき、「いただきます」と手を合わせたあとだ。

さっきからずっと考えていたことを言葉にする。

「ま、心配しなくてもバチは当たらないよ。当たるはずがないんだ。どれも俺のなかでは、嫌な思い出として残ってないから」

「……はい？」

「どうして訊き返す。聞こえただろ？　俺は二度も言わないからな。それより早く食べてくれよ。せっかく君のために作ったのに、冷めてしまうじゃないか」

柏木より先に箸《はし》をつけるのはどうかと思ったが、なかなかこっぱずかしいことを言った自覚があるので、間が持たない。どうにかこうにか澄ました顔を作り、生姜焼きを口に運ぶ。

「なんか……びっくりしました」

「そうか」

「課長は、どれもこれも嫌じゃなかったたってことですね」

「念押しするんじゃない。二度も言わないって言っただろ」

柏木が照れくさそうに笑い、やっと生姜焼きを頬張《ほおば》る。

「あ、めちゃくちゃおいしいです。料理、上手なんですね。や、ほんと、お世辞じゃなくて、スーパーの生姜焼き弁当とは全然ちがいます。すごくおいしい」

「よかった。君さえよければ、いつでも作りにくるよ」

――いいんじゃないのか、この流れ。

セクハラまがいの行為が嫌でなかったことも伝えられたし、柏木のために食事を作ることがやぶさかでないことも伝えられた。恋愛経験の乏《とぼ》しい椎名のわりには、花丸がもらえるようなアピールができたと思う。

まさか一時間後に心が散り散りになるなど、このときは微塵《みじん》も想像していなかったのだ。

「課長。今日はありがとうございました。昼食、すごくおいしかったし、楽しかったです」

「こちらこそ。君に喜んでもらえてよかった」

もとより長居するつもりはない。昼食の片づけを済ませて、帰り支度をしていると、柏木がパーキングまで送ると言ってくれたので、二人並んで下町の路地を歩いているときだった。

なぜだろう。やたらとこめかみに視線を感じる。

「どうした。何か言いたいことでもあるのか」

「いや、その、まあ」

と、柏木が口ごもる。

「なんていうか、俺と課長、体の相性がいい気がするんですよね」

「かっ……体の相性？」

「ま、してないので分かりませんけど。だけどたぶん、かなりいいはずです」

昼日中には不似合いな話題だ。どぎまぎして地べたに視線を這わせていると、柏木に肩を抱かれた。「課長」と呼ぶ声が、耳の尖《とが》りに触れる。

「だめもとで言います。俺をセフレにしてもらえませんか？」

は？　――と、大いに顔をしかめる。

ハプニングバーを知らなかった椎名でも、セフレくらいは知っている。

「セフレって……いわゆるセフレか？」

「ええ、はい」

「どうしてそんな、意味が分からないよ。なぜセフレなんだ？　俺の恋人じゃなくて？」

「だってワリキリのほうが気楽でしょ。お互いに」

当然のように返されて、頬が強張る。

セックスは、恋人同士でもすることだ。けれど柏木は、体だけで繋がる関係になりたい、すなわち、心まで渡すつもりはないし、あなたの心が欲しいとも思っていない――椎名にそう言っているのだ。

「お、お前っ……よくも俺にそんなことが言えたな！」

「あ、やっぱりだめですか？　年下だから？」

「年齢じゃなくて、倫理観の問題だ！」

眉をつり上げて叱り、ついでに柏木の背中に拳を打ち込む。「いて！」と飛びのかれた。

「すみません、忘れてください」

「秒で撤回《てっかい》するんなら、最初から口にするんじゃない！」

ったく、何を考えてるんだとぶつくさ唱《とな》えていると、「いいと思ったんだけどなぁ」と暢気《のんき》にぼやかれたので、今度はその腹に拳を打ち込むふりをする。

「本当にしょうがないやつだな。――もうここでいいぞ。初めての道でもないし」

「え？　ちゃんと送りますよ。パーキングまで」

「いいって。君にはマンガの原稿があるだろ。じゃあな、また明日」

「あ、はい。今日はわざわざありがとうございました。お気をつけて」

最後だけは礼儀正しく、柏木が深々と頭を下げる。

別れたあと、椎名は唇を引き結び、黙々とパーキングを目指して歩いた。

ついさっきまで鮮《あざ》やかだったはずの風景が、色褪《いろあ》せて見える。鼓動は殴りつけるような強さで胸を打ち、吐く息を震わせた。

――俺は冗談っぽく怒ってるふりができただろうか。

十歩も行かないうちに、柏木には隠した本当の気持ちが涙となって目尻に滲《にじ》む。

いくらなんでもセフレはない。

結局柏木は、椎名ではなく椎名の体に興味を持っただけなのだろう。セックスシーンありきのマンガを描いているのだから、そんなものなのかもしれない。心よりも先に、体をさらしてしまったことが、きっとまちがいだったのだ。

『だってワリキリのほうが気楽でしょ。お互いに』

屈託《くったく》のないあの声に、心を抉《えぐ》られる。

何をどうがんばっても、この片想いが椎名の望む形で実ることはない。楽しく過ごせた日に、それを知ってしまったことがとても悲しかった。

＊＊＊＊＊

あれから柏木《かしわぎ》とはまともに口を利《き》いていない。

もちろん、業務中はいままでどおりだ。仕事の指示はきちんとするし、会話も交わす。ただ、昼休憩の終わりに屋上へ行くことはやめた。

たった十五分、されど十五分だ。柏木の前で傷つき悲しみ、落ち込んでいる自分を隠せる自信がない。一度だけ柏木に、「屋上、行かないんですか？」と訊かれたが、「残暑が厳しいからなぁ」と気温のせいにしておいた。

形的には、もとに戻ったということだ。特別仲がいいわけでもなければ、悪いわけでもない、いたってふつうの上司と部下に。こんなふうに距離をとっていれば、柏木はいずれ椎名《しいな》から興味をなくすだろう。

あとは、この心にずんと沈んだ憂鬱《ゆううつ》をとり除くことができればいいのだが。

「――こんばんは。お話しさせていただいてもよろしいですか？」

十三という番号札をつけた男性に話しかけられて、椎名は「はい」と微笑を返す。

実は週末の今日、どうにかして気分転換を図《はか》ろうと、ゲイが対象の恋活《こいかつ》パーティーなるものに参加してみたのだ。

その手のイベントには疎《うと》い椎名だったが、調べてみると結構ある。『健全な出会いの場を提供します』『ゲイ友を探しに訪れる方も多くいます』という謳《うた》い文句に惹《ひ》かれた。

参加者は四十人前後。きちんと身なりを整えた男性ばかりなので、初参加の椎名でも、そう警戒することなく話せる。もちろん、ハプニングバーのように、きわどいアプローチをしかけてくる人もいない。

だからといって心が弾《はず》むかと訊かれれば、沈みっ放しだと答えるしかない。誰とどんな会話を交わしても、柏木のことを考えている有様だ。

「へえ、ご朱印《しゅいん》集めが趣味ですか。ぼくも縁結び神社にはよく足を運ぶんです」

「そうですか。よいご縁があるといいですね、お互いに」

——と、相手が鼻白《はなじろ》むようなことをぽろりと言ってしまう。

(何をやってるんだろうな、俺は)

柏木への想いにけりをつけられないまま、こんなところに来たのがよくなかったのかもしれない。結局椎名は、パーティーの途中で会場をあとにした。

昼食を作りに柏木の部屋を訪ねた日から今日まで、いったい何度ため息をついただろう。

会場を出ると雨が降っていて、またため息がこぼれる。

電車で来たので、駅まで歩かなければならない。仕方なくコンビニでビニール傘《がさ》を買い、夜でも明るい街を伏し目がちに歩く。

（セフレか……）

三十五にもなって、好きな男に体の関係を求められ、これほど傷つくとは思わなかった。もし椎名がそれなりに恋愛経験を積んでいれば、それもありかと了承するだろうか。セフレなら、心は無理でも体が手に入る。

（ま、つらくなるだけだろうな。俺はそんなに器用じゃないし）

鼻の奥がつんと痛むのを感じていると、バッグのなかでスマホが鳴った。洟《はな》をすすりながらとりだし、ぎょっとする。

総務課・柏木――そう表示されている。

途端に鼓動が激しくなり、傘を打つ雨音も通りを行き交う車の音も聞こえなくなった。出ようか、出まいか、いや、上司なのだから出るしかない。恐る恐る指を伸ばし、通話ボタンをタップする。

『柏木です。お疲れさまです』

めずらしく硬い声だ。仕事のことで何か確認したい事柄でもあるのかもしれない。じゃっかんほっとして、「どうした」と応《こた》える。

『課長にどうしてもお話ししたいことがあるんです。明日、十分でいいのでお時間作ってもらえないでしょうか』

「明日？　日曜日だろ。月曜日で構わないか？」

『いえ。仕事の話ではないので、休日にお願いしたいんです』

その一言でぐっと心臓がうねった気がした。またもや周囲の音が聞こえなくなり、こめかみを打つ自分の脈動だけを感じる。

「なんだ、話って。電話じゃだめなのか」

『直接会ってお話ししたいんです。十分が無理なら、五分でも結構です』

勝手だ。勝手すぎる。好き放題に翻弄《ほんろう》しておいて、この期《ご》に及んでも、まだ振りまわしてくるのか。罵《ののし》りたいのをこらえ、つとめて冷静な声を出す。

「悪いな、柏木くん。私はもうプライベートで君に会うつもりはない。ちゃんと線引きしよう。私は課長で、君は部下なんだから」

『謝ります。課長が怒ってるのって、俺がセフレって言葉を出したからですよね？　あの日以降、課長の態度がガラッと変わったから』

「――――」

しっかり悟《さと》られていたことを知り、カッと顔が熱くなった。

さりげなく距離を置くことに成功したと思っていたのは、椎名だけだったらしい。仕事なら淡々と着実にこなすことができるのに、恋愛めいたことになると、途端にうまくやれない自分が嫌だ。あれは終わった話じゃないかと笑い飛ばすこともできず、唇がわななく。どうにか気持ちを落ち着かせようと吐いた息も、情けないほど震えていた。

「勘ちがいするな。俺は怒ってるわけじゃない」

大きく胸を上下させ、あの日、呑み込んだ思いを声にする。

いや、声になってしまったのだ。濁流《だくりゅう》のように感情が波立ち、抑《おさ》えられない。

「君の発言がすごくショックだったんだ。おどろいたし……悲しかった。だってそうだろ。体だけの関係で十分なんて、俺に対して失礼すぎる。次からは相手がどう思うか、想像してから口にしろ」

『だったら課長は、俺がどういう気持ちであの発言をしたか、想像しましたか？』

思いの外《ほか》、強気な言葉を返されて、眉をひそめる。

ヤりたかったから。興味があったから。遊べそうだったから。——セフレを望むのに、それ以外の動機などあるはずがない。「知るもんか」と吐き捨てる。

なぜか涙がこみ上げた。

柏木を徹底的に拒《こば》むことに、椎名の恋心が、嫌だ嫌だと泣いている。

心を通わす過程をすっ飛ばしたやりとりでも、確かに恋だったのだ。初恋といっていいほどの恋。力ずくで奪われたことなど一度もないのに、何もかも年下の男にさらわれた。

そしていまもまた、さらわれようとしている。

『課長、会ってください。このままじゃ俺、終われないんです』

「勝手なことばかり言うな！　君にはもう関わりたくないんだ」

『お願いします。これで最後にしますから』

「だったら……！」

涙声で叫び、一度唾《つば》を飲む。

「いますぐ来い。いますぐにだ。それができるなら会ってやる」

通話を終えたのと同時に、耳に雨音がなだれ込んできた。ザアァァと傘を叩く、夏の終わりを告げる雨音が。心を散らすその音に、椎名の嗚咽《おえつ》がまじる。


待ち合わせの場所に指定したのは、アーケード付きの商店街にある時計台の下だった。

時計台を囲むようにして六角形のベンチがある。そこに腰を下ろし、膝《ひざ》に肘《ひじ》を乗せて地べたを見つめる。

柏木は何を言うつもりなのだろう。そして自分はどう応えるのだろう。

荒れ狂っていたはずの鼓動はいつの間にか鎮《しず》まっていて、とんとんと規則正しく椎名の胸を叩く。デートもどきの取材で歩いた十五分の道のりや、うちわであおぎ合ったこと。やわらかな思い出を辿《たど》りながら、胸に手をやる。いまだ手放せない恋心が怯《おび》えていた。

「課長」

つむじに声がかかり、顔を上げる。

髪にいくつも雨粒をまとわせた柏木が、目の前に立っていた。

「早かったな」

「いますぐにってことだったので、タクシーを飛ばしてもらいました」

「そうか」

目を伏せて、椎名は自分の足許《あしもと》を、柏木はおそらく椎名を見ている。それぞれ沈黙して心を整えたあと、柏木が切りだした。

「俺は課長と手軽な関係になりたくて、セフレって言葉を出したわけじゃありません。セフレなら自分の気持ちに抑えが利くかなと思って、使いました」

「抑え？」

意味が分からず見返した椎名の前で、柏木が息を吐き、そして吸う。

大きく動いたその胸は、柏木にしてはめずらしく震えていた。

「俺、課長のことを好きになったんです」

偶然にもまばたいた瞬間に告げられたせいか、世界線が変わったのかと思った。

さりげなく周囲を見まわして、確かめる。閉じた傘を手に歩く人や、乗り入れ禁止の自転車に堂々と乗っている人、地べたに座り込んでしゃべっている若者たち。ひとつずつ視界に収めてから、初めて「え？」と声を上げる。

「知らなかった課長を知るたびに、好きになりました。すぐに顔を真っ赤にしてうろたえるところとか、俺のマンガは読めないのに、創作活動を応援してくれるところとか、見た目も声も、全部好きです」

まじまじと柏木を見ながら、うそだろ？　と心のなかで呟く。

本来なら諸手《もろて》をあげて喜ぶところだが、まるで喜べない。疑問のほうが大きいせいだ。

「俺が好きなら、真剣交際を申し込めばいいじゃないか。俺はゲイだから、同性と付き合うことに抵抗はない。君だって知ってるだろう？」

「だって課長、男がいますよね？」

「……は？」

十年以上フリーだということは、早い段階で柏木に伝えている。それなのにどうして男がいることになるのか。

今度こそ世界線が変わったのかと混乱する椎名とは裏腹に、柏木の表情は硬いままだ。

「俺は課長のものになりたいです。心も体も、あなたにあげてしまいたい。でも課長は俺のものにはならない。ふつうに告白してオッケーをもらったとしても、男の影がちらつくのなら、セフレのほうがマシです。課長の全部が手に入らなくて当たり前だと、自分に言い聞かせることができるので」

「いや、待ってくれ！」

まったく意味が分からず、ついに椎名は立ちあがった。

「どうしてそうなる？　俺は柳瀬《やなせ》と別れてからずっとフリーだ。男なんていない。君は何を根拠にそんなことを言うんだ」

「根拠って……」

柏木がつっと目を逸《そ》らす。

言おうか言うまいか、逡巡《しゅんじゅん》する顔つきだ。「いいから言え」と、その胸に拳《こぶし》を当てて迫《せま》る。

柏木は仕方なくといった様子で辺りを見まわすと、椎名の耳に唇を近づけた。

「ハプバーのカップルルームで、課長のあそこにバイブを挿《い》れましたよね？」

「あ、ああ」

「はっきり言って、十年以上も男を咥《くわ》えてないお尻じゃなかったです。食いまくりじゃないと、あんなふうにはならないですよ。ハプバーに行く前の日も、男に抱かれてますよね？　バイブの亀頭《きとう》を丸呑みして、根元まですっぽりでしたから」

「――――！」

そういえば、あのとき柏木はバイブを使いながら、『すごい』と口走っていた。

まさか自慰で慣らした体が、あらぬ誤解を生もうとは――。

穴があったら入りたいとは、まさにこのことだ。視界すべてがはじらいの赤に染まり、へたり込みそうになる。

「正直、興奮しました。だけど同じくらい、落ち込みもしたんです。別に課長の倫理観をとやかく言うつもりはありません。魅力的な人なんですから、正式な恋人はいなくても、男がいるのは当然でしょう。そこは納得しています」

「や、納得って」

内心慌てふためく椎名とは対照的に、柏木の態度はどこまでもまっすぐだ。身じろぎも許さないほど強く、二つの眸《ひとみ》が椎名を捉《とら》えている。

「課長。男、全員切ってもらえませんか？　ひとりや二人じゃないですよね？　俺がその分、あなたを愛します。スペックじゃ物足りないかもしれませんが、心と体では負けません。俺ひとりに絞《しぼ》ってよかったたって、ぜったいに言わせてみせますから」

いや待ってくれ、待ってくれよと、半べそをかく自分の声が頭のなかでこだまする。

十年に一度どころか、人生で一度あるかどうかの奇跡だ。柏木に好きだと言われた。それもぞっこんと表現していいほどの、のぼせっぷりだ。

柏木が真剣に椎名に想いを寄せていることは、気負ったその表情で伝わる。

ハプニングバーでの取材を終えて以降、なんとなく柏木の様子がおかしかったのは、副業が多忙だったことに加えて、椎名の貪婪《どんらん》な体にショックを受けたせいもあるのかもしれない。

（そうか……ああ、なんてことを、俺は——）

頭を抱えている場合ではない。問題は、柏木が大きな勘ちがいをしているということだ。椎名に男はいない。にもかかわらず、男を食いまくっていると——。

「か、柏木くん……伝えてくれてありがとう。君の気持ちはよく分かった」

果たして、ここからどう動くのが最善なのか。

俺も好きだよと柏木に伝えて、くっつくことは簡単だ。もとから男などいないのだから、清算にも手間がかからない。けれどすんなり柏木の気持ちを受け入れると、柏木の抱く椎名のイメージがそのままになる。

柏木のためにも自分のためにも、楽な道を選ぶわけにはいかない。

きっと柏木は、相当の勇気を持って椎名への想いを言葉にしたはずだ。ならば俺もと、静かに息を吐き、清水《きよみず》の舞台から飛び降りるつもりで、端整な顔を見上げる。

「正直に言うよ。君の想いを知ることができて、すごくうれしい。天にも昇る心地だ。だけど俺はまだ、君に応えるわけにはいかない。まずは自宅に来てくれないか？　俺の『男』を紹介するよ」

「えっ……！　同棲《どうせい》してるんですか⁉」

ちょ、なんだよそれ、と柏木が顔をしかめる。

「勘弁してください。課長の男と喧嘩になるのはごめんです」

「大丈夫だ。俺の『男』には手も足も口もないから、君が負けることはない」

「ええっ……！」

「あ、口はあるかもしれないな。ぐうううという唸《うな》り声を上げるから」

「はああ……⁉」

どんな『男』を想像しているのか知らないが、柏木は及び腰だ。だからといって、椎名も引き下がるつもりはない。

「頼むから来てくれ。君の知らない俺がまだひとり残ってるんだ。もし最後の俺を知っても、君の気持ちが変わらないのなら――」

まっすぐに柏木を見上げて、強張《こわば》りを残したままの頬に手を触れる。

「そのときはどうか、俺を君のものにしてほしい」

椎名は港にほど近い、閑静《かんせい》な住宅地にあるマンションに住んでいる。

タクシーを降りたあと、いまだ戸惑っている様子の柏木の手を引いた。エントランスのオートロックを解除して、エレベーターホールへ向かう。

椎名が借りているのは五階の角部屋だ。

上昇するエレベーターのなかで気持ちを整える。きっと柏木も緊張しているだろう。互いに一言も発しないまま、部屋の前に辿り着いた。

「上がってくれ。ちなみにここへは三年前に越してきた。柳瀬が来たことはないよ」

柏木が「お邪魔します」と小さく呟く。

間取りは2LDKだ。リビングを突っ切り、寝室へ直行する。

強い明かりはいらない。枕元のスタンドライトをつけると、柏木が息を呑んだ。

ベッドのサイズにおどろいたのかもしれない。ひとり暮らしで、なおかつ恋愛に縁のない男は、まず使わないだろうキングサイズだ。この広いベッドで男といちゃついてんのかよと、柏木がむっとするのが手にとるように分かったので、言葉を添える。

「ベッドで本を読んだり、くつろぐことも好きだから、このサイズにしてる。友人を部屋に招くことはあっても、寝室まで見せたことはないよ。だからここに入ったのは、君が初めてだ」

「俺が初めて？　じゃあ、男とはいつも外で会ってるんですか？」

その問いには答えず、「適当に腰をかけてくれ」と勧《すす》める。

椎名は椎名でベッドへ上がると、ヘッドボードの収納から箱をとりだした。

「柏木くん。俺の『男』はこのなかだ」

「……はい？」

あられもない妄想――汗だくのバイブプレイを語った椎名でも、愛用の品を見せるのは、はじらいがある。ふぅとひとつ息を吐き、思いきって箱の蓋《ふた》を開ける。

並んで収まる五台の『男』を視界に映した柏木が絶句した。

「こ……これが……課長の男……？」

いやいや、うそでしょうと言いたげな眸がこめかみに刺さり、頬が熱くなる。

「正真正銘、俺の『男』だ。自分で自分の体を慰めるのが趣味なんだよ。安心して快楽に浸《ひた》れるし、ぐっすり眠れる。君は自慰というと、ペニスを扱《しご》くことを想像するんじゃないかと思うんだが、俺がやってるのはいわゆるアナニーだ。ほぼ毎晩、アナニーを楽しんでる」

「毎晩、ですか」

「ああ。だから君に誤解されるような、いやらしい体になったんだ」

柏木を思い悩ませたのだから、口で説明して終わりにするつもりはない。

震える息を吐き、ジャケットを脱ぐ。次にカットソー。ぎょっとしたような柏木の視線を感じながら、パンツを下ろし、足から抜く。

最後に残ったのはボクサーパンツだ。勇気を振り絞り、これも脱ぎ捨てる。

「か、課長？」

「見せるよ、俺のアナニー。そのほうが信じられるだろう？」

啞然《あぜん》とする柏木の前で、箱から一台のバイブをとりだす。

ハプニングバーのカップルルームで、柏木が選んだのと同じバイブだ。柏木は覚えていたらしく、「あ――」と呟くのが聞こえた。

淫《みだ》らな玩具《がんぐ》を胸に抱き、緊張で赤らんだ面《おもて》を上げる。

「柏木くん。もし俺の姿が受け入れられないなら、何も言わずにこの部屋から出ていってほしい。終わりの言葉はどうしても心に刺さる棘《とげ》になる。聞きたくないんだ」

返事がなかったので「柏木くん？」と呼びかける。ずいぶん経《た》ったあとに、かすれた声で「はい」とうなずかれた。

自慰をする姿なんて、いままで誰にも見せたことがない。目を瞑《つむ》り、まずは平たい胸で慎《つつ》ましく存在を主張する乳首をいじる。

「……ぁ……あ」

やわらかだった乳首はすぐに硬くなり、つくんとした肉粒となって椎名の胸を飾った。

下肢《かし》の狭間《はざま》にじわりとした熱が広がるのを感じても、執拗《しつよう》に二つの芽を揉《も》みしだく。ペニスに触れるとあっという間に昂《たか》ぶってしまうので、極力避けたいのだ。とろ火で炙《あぶ》るようにじっくりと、体の感度を高めていく。

「う、っ……ぁ……は……」

薄目を開けると、いい具合にペニスが硬くなっていた。茂みから突きでたそれを、柏木が食い入るように見ているのが分かる。

こんな形とはいえ、柏木の視線を釘《くぎ》づけにできるのはうれしい。もっと見てほしくて、左手をシーツにつき、脚を広げる。柏木の目の光が一瞬強くなった気がして、ぞくぞくした。か細く息をつき、ここでようやくペニスを手のひらで包む。

「あぁ……あ……ふぅ……」

勃《た》ち方も濡れ方もいつもとちがう。乳首をいじるだけで、これほど臨戦態勢に持ち込めたのは初めてだ。柏木の興味を惹いていることが、感度を高めたのかもしれない。

けれどアナニーの肝《きも》は、ペニスではない。溢れる一方の先走りの露《つゆ》を余すことなく手にまぶして、会陰《えいん》の奥にもぐらせる。

「ん、っ」

後孔《こうこう》はすでにオスを求め、ひくついていた。

欲しがりですぐにきゅうきゅうと啼《な》く、椎名にとっては愛《いと》おしい交接《こうせつ》の器官だ。指一本では足りないのが分かっているので、二本差し込んでやる。うねった肉襞《にくひだ》の嬌声《きょうせい》がそのまま口から迸《ほとばし》った。

「ぁあ……は、うぅ……う」

後孔をいじるときは、後ろに手をついたスタイルだとやりにくい。

四つ這いに体勢を変えて、あらためてアナルに指を捻《ね》じ込む。甘えて縋《すが》りつく肉襞の熱さを知ると、もう自制は利かなかった。揃えた二本の指をくぷくぷと出し入れしつつ、バイブを左手に握り、黒光りする亀頭にしゃぶりつく。

「あ……むぅ、んん……」

柏木は、浅ましい獣のような上司を見てどう思うだろう。さすがにないなと、引くかもしれない。本当は愛した人に愛されたいが、終《つい》の相手が見つからないので、自分で自分の飢《う》えを癒《いや》しているだけだ。

（ああ、だめだ——）

余計なことを考えると、感度が鈍《にぶ》ってしまう。

急いでバイブを握り直し、自分の唾液《だえき》でぬらぬらと光るそれを後孔に差し込む。

「はあ、ぁ、ん……！」

複雑な心とは裏腹に、後孔は嬉々《きき》としてバイブに食《は》みついた。

この重量。そして若いオスを思わせる太さ。スイッチをオンにすると、途端に思考に靄《もや》がかかり、喘《あえ》ぎがこぼれる。

指とはちがって、生々しくくねる動きがいい。椎名は後ろの孔《あな》だけでイケるので、バイブさえ咥えてしまえば、ペニスは快感に悶《もだ》えて躍《おど》る。左右の脚の内側に、引っきりなしに熱い雫《しずく》が飛んだ。

「あ、ふぅ……あっ、あ……う」

もっと欲しい、もっと奥まで——。

欲望のまま、最果てにある頂《いただき》を目指そうと、抽挿《ちゅうそう》のリズムを速めたときだ。

いきなり柏木にバイブを奪われ、体を表に返された。ぶぶぶと間抜けな機械音を立てながら、椎名の『男』がシーツの上を転がっていく。

反射的にバイブを見やった刹那《せつな》、柏木に組み敷かれた。

強く険《けわ》しい眼差《まなざ》しが、真上から椎名を射貫《いぬ》く。

（あ、――）

　硬いその表情を見て、幻滅《げんめつ》されたのだとすぐに悟った。かすれた嗚咽を洩らし、たまらず顔の上で腕を交差させる。

「ど、どうして……！　本当の俺が無理なら、何も言わずに出ていってくれって言ったじゃないかっ。俺は何も聞かないからな。ぜったいに何も――」

「課長」

「……ぅ……」

「こんなの拷問《ごうもん》でしょう。俺は課長がイクまで、黙って見てなきゃだめなんですか？」

　おや？　と眉根を寄せる。これは終わりを告げる言葉ではない。質問だ。その上、柏木の声がなんだか苦しそうに聞こえる。

　戸惑いつつ顔の上から腕を外すと、柏木が体を倒してきた。

「課長に男がいないのは分かりました。食いまくりのお尻だって言ったこと、謝ります。だから って、こんなにきれいなお尻をおもちゃに味わわせることはないじゃないですか。もったいないですよ、すごくもったいない。俺が課長のアナニーを見て、冷めるとでも思ってたんですか？」

　口調は厳しいものの、椎名を責めているのではないのだろう。なぜならこの股間《こかん》にしっかり当たっているからだ。柏木のギチギチに張りつめ、漲《みなぎ》ったものが布越しに。

最高の展開をたぐり寄せられた気がする。

興奮とうれしさ、そしてはじらいで、頬が紅潮した。

「ま、まあ、半々かな。もちろん君の気持ちが冷めないことを願ってたよ。だけどこればっかりは分からないじゃないか」

つっかえつっかえ答えながら、柏木の股間にそろりと手を這わせてみる。

「あっ……！」というかわいらしい呻《うめ》きを放たれた。

次は左右の脚で柏木の体を挟み、自分のほうへ引き寄せる。

互いの股間がぐっと密着した瞬間、またもや柏木が呻く。眉間《みけん》には深く複雑な皺《しわ》が寄っている。耐えたいけれど耐えられない、そんな表情だ。

「課長……。俺を拷問するの、楽しそうですね。こっちはまじでつらいんですけど」

「拷問？　人聞きの悪いことを言わないでくれ。俺は早く君に襲ってほしくて、誘ってるんだ。俺だって偽物の『男』より、本物の愛おしい男に抱かれたいに決まってる」

本音を口にした瞬間、柏木の顔つきが苦悶《くもん》する部下から、若いオスの獣に変わった。勢いよく体を起こすと、服を脱ぎ始める。

柏木の素肌を目にするのは初めてだ。

いつだったか、Tシャツの上から彼の裸体を想像したとおり、肌には張りがあり、ごつごつした骨格を飾る筋肉も美しい。それから――股間で存在を主張する、男の証《あかし》。ぐっと天を仰《あお》ぐその怒張《どちょう》に釘づけになる。

(お、俺が相手でも……こんなにしてくれるのか)

視界に映しただけでも犯された気持ちになり、一気に興奮した。

ただでさえ、椎名はアナニーの途中でバイブをとりあげられたのだ。早く柏木を感じたくて、みずから四つ這いの姿勢をとり、尻を突きだす。柏木が背後で生唾《なまつば》を飲むのが聞こえた。

「課長。俺、本当に我慢できなくて。即挿《い》れしてもいいですか?」

「ああ、全然いい。……早く」

膝立ちになった柏木に腰骨を摑まれた。

自分の手で十分ほぐしたあとなので、まどろっこしい愛撫はいらない。ぬぷっと卑猥《ひわい》な音を立てて、柏木のオスが後孔に埋《う》まる。

「っ、はぁ……あ、あ……!」

この充足感——バイブではない、恋しい男のものだからだ。

いまここに、柏木が入ってきた——。

胸のなかが空《から》っぽになるほど長い喘ぎが洩れて、まぶたの裏に光が溢れる。太腿《ふともも》の内側が熱いもので濡れたので、挿れられた瞬間に達してしまったのかもしれない。にもかかわらず、椎名のペニスは瞬時にそそり立ち、またあらたな先走りの露を散らす。

快感の域を超えたような気がする。それほど気持ちいい。

柏木は「ああ……侑《ゆき》さん……」と呼びながら、椎名の背中に唇を押し当ててくる。熱い唇が触れたところすべてに、花が咲いていくようだった。

「やば……侑さんのなか、めちゃくちゃいいです」

「俺もすごくいいよ……だって、こんな――」

椎名の内側で圧倒的な存在を誇《ほこ》るもの、これは柏木の欲望だ。これほど欲しがられていたのかと思うと、言いようのない悦《よろこ》びに肌が沸き立つ。

自分で自分の体を慰める行為とは、雲泥《うんでい》の差だ。椎名の肉壁《にくへき》はたくましいオスの漲りに興奮しきっていて、あうあうと喘ぎながら柏木を締めつける。それを振り切り、新しい肉の道を作られる快感に身震いした。

「はう……う……っん、あ……は……」

何度も怒張で媚肉《びにく》を捏《こ》ねられ、二本の腕で自分の体を支えるのが難しくなった。無我夢中でシーツに縋りつき、尻を高く掲《かか》げて、奥の奥まで柏木に捧《ささ》げる。

角度が変わって挿れやすくなったのか、ずんと深く突かれた。

「っんあ!」

前立腺《ぜんりつせん》を狙って亀頭をぶつける抽挿に、太腿がわななく。

あまりにも快感が強くてどうにかなってしまいそうだ。頭の芯は痺《しび》れるし、喘ぎを刻《きざ》みっ放しの唇からは、唾液がこぼれる。また達してしまった気がする。けれど柏木は加減するどころか、とことん味わい尽くすように腰を使い、次の高みへ椎名を連れていく。

「侑さん……だめだ、イキそう――」

うなじに柏木の呻きがかかる。

激しく抜き差しされたあと、爛《ただ》れた肉筒《にくづつ》の奥に精液をぶつけられた。

椎名が女なら、この一撃で妊娠しただろう。それほど熱くて、量も凄《すさ》まじい。腹の奥がどろりとしたもので満たされる感覚に「あぁ……」と肌を震わせ、椎名も欲望を解放させた。

余韻《よいん》に侵《おか》された体でなんとか後始末をして、二人並んでベッドに倒れ込む。

自分の乱れた鼓動が頭に響き、くらくらする。柏木は大の字になって息をつき、「あー、まじですごかった……」と言っている。感想を素直に口にされるのもうれしいものだ。じゃっかん照れながらその様子を眺めていると、柏木が椎名のほうへ寝返りを打った。

「課長、なんかすみません。興奮しすぎたせいで、順番がぐちゃぐちゃになってしまって」

「課長呼びはやめてくれよ。さっきまで下の名前で呼んでくれてたじゃないか」

「あ、ですよね、はい」

侑さん、と柏木が言い直す。

「俺と侑さん、いろいろ忘れてることがあるんですけど、気づいてますか？」

「うん？　ゴムなしだったことか？」

身も蓋もないことを言ってしまった。

柏木が「いや、そっちじゃないです」と苦笑して、椎名に覆《おお》い被《かぶ》さってくる。

近づく端整な顔を見て、気がついた。そういえば、まだキスをしていない。つい笑ってしまった椎名につられたのか、柏木も笑い、やさしいキスを交わす。

「あと、もうひとつ。俺、侑さんの気持ちをちゃんと教えてもらってないんですよね。ま、こんなことになったんで、だいたい想像はつくんですけど」

「あ、そっか。そうだよな」

流れのなかで知るのと、きちんと伝えられて知るのとでは、満足度が異なる。

今度は椎名が体を起こして、柏木の上に乗る。

「俺の気持ちを伝える前に、確認したいことがある。俺は男だし、巨乳でもないが、構わないのか？」

「もちろん、はい。なんていうか、順番が変わったんです。一番が侑さんの全部で、二番が侑さんのお尻。三番四番五番は、侑さんのために空《あ》けておくとして、六番が巨乳ですかね。ちなみに五番と六番の間は地球半周分くらいの距離があるので、安心してください」

思わず笑う。柏木のこういう調子のいいところが好きだ。冗談めかしながらも、相手を傷つけず、なおかつ不安にもさせないやさしさがある。

心がほぐれたせいか、自然と「武琉《たける》」と呼んでいた。

「俺は武琉が好きだよ。君の安否《あんぴ》確認をした日に一目惚れしたんだ。君と過ごした時間は、何もかも刺激的でとても楽しかった。おそらく君が思ってる以上に、俺は君に夢中だよ。こんな年上の上司でいいなら、全部やる。俺を受けとってくれ」

目の前の額《ひたい》に口づけると、柏木が頬を緩《ゆる》めた。

「ありがとうございます。侑さんのすべて、喜んで頂戴《ちょうだい》します」

笑顔とともに伸びてきた腕が、椎名を抱きしめる。

もう椎名と柏木は、ただの上司と部下ではない。恋人同士になれた幸せが、やさしい鼓動となって胸の内側を叩く。侑さん、と呼ぶ柏木の声もやさしい。

「俺のどこに一目惚れしたんですか？」

「目だよ、目。強いところがいい。それから雰囲気だな。君は男っぽいし、色気がある。換気扇《かんきせん》の下で煙草を吸ってる武琉に惚れたんだ」

「あー、覚えてますよ。侑さん、俺と目が合った瞬間に逸らしたでしょ？　あれ、意外でした。なんで俺のこと意識してんだろうと思って。意識してないと逸らさないですよね？」

「うん、意識してた。俺は眼鏡のない君も、普段着の君も知らなかったから、とてもおどろいたんだ。あまりにも好みのタイプで。……はずかしいな、こういう答え合わせは」

「どうして。俺はめちゃくちゃうれしいです」

椎名の後ろ髪を撫でていた柏木が、背中をまさぐり始める。さりげなくさりげなく、尻のほうへ向かおうとする気配を察して、顔を持ちあげる。

「二回戦、だめっすか?」

と、いたずらっぽい表情で訊かれた。

「だめじゃないけど、早いよ。俺はまだ厳しい」

「大丈夫です。二回戦ではすぐに挿れたりしません」

体の上下を入れ替えられて、再び椎名が下になった。すぐに唇を唇で覆われる。

「……んっ……ふ……」

もうやさしいだけのキスではない。深く舌と舌とを絡《から》ませて、互いに下半身を擦《こす》りつける。

あっという間に柏木の男の証が勃ちあがった。その力強さが信じられなくて、手のひらで確かめたほどだ。

「君はすごいな。もうこんなになって」

「なりますよ。侑さんと恋人同士になれたんですから」

椎名もペニスを摑まれて、「ん、ぁ」と声を放つ。

情けないことにふにゃふにゃとやわらかい。一回戦で搾《しぼ》りとられたせいだ。にもかかわらず、男らしい手でかわいがられているうちに芯ができ、にゅっとそそり立つ。

「い、言っておくけど、普段はこんなに早く復活しないからな」

「そこ、言い訳しなくていいところです。感じてもらえるほうがうれしいんで」

柏木がするりと下方へ向かう。

何をするのかと思えば、硬くなりかけのペニスをぺろりと舐《な》められた。

「あ……っ」

「力抜いててください。ゆっくりゆっくり、気持ちよくしますから」

繰り返し幹《みき》にキスをされ、頬が熱くなる。

自分の勃ちあがったペニスのすぐ近くに、柏木の顔がある——恋が成就《じょうじゅ》しなければ、ぜったいに見られない構図だ。柏木は椎名のペニスの括《くび》れを舐めまわしたり、先端に滲《にじ》んでいる露を舌先で掬《すく》ったりする。「すっげ、かわいい」という呟きまで聞こえると、否応《いやおう》なく興奮し、股《また》座《ぐら》が蕩《とろ》けた。

「……はぁん……っふ……ぅ」

これほど丁寧に、柏木にペニスを愛される日が来るとは思ってもいなかった。

世界にたったひとつしかない果実をしゃぶるように唇と舌を使われて、その熱情に体中をとろとろに溶かされる。十年以上も椎名がフリーだったのは、柏木と恋に落ちるために、神さまが与えた試練だったんじゃないかと思うほどだ。

「あ……ぁ、あ……」

体だけでなく、心も満たされる。

やわくまぶたを下ろして愛撫を堪能《たんのう》していると、柏木に笑われた。

「侑さん、顔がエロいです」

「だ、だって……すごく感じるし、うれしいよ。君がフェラチオしてくれるなんて」

「侑さんのものなら、一晩中でも舐めますよ。今度試してみます？」

こういうことをさらりと言う柏木が好きだ。増幅した快感と、高まった幸福度が合わさって、椎名のオスがじゅんと蕩ける。陰茎《いんけい》を伝うとろりとした粘液《ねんえき》が見えるようだ。そしてそれをやさしく舐めとる、柏木の舌——。

「あっ……ぅん……はぁ……」

心地よさに身をよじらせたとき、左右の膝裏を押しあげられた。今度はペニスではなく後孔に口づけられる。

「ああ……っ」

軽くキスされたわけではない。くぱくぱと喘ぐ襞の収斂《しゅうれん》を味わう口づけだ。円を描くように舐められたあと、舌先を呑まされる。熱くて弾力のある質感だ。ひとりではできないプレイをされて、幾度となく鼻にかかった喘ぎが迸る。

「だ、だめだよ、そんな……っん、あ……たぶんそこ、君のが残ってる」

「え？　ああ、中出しした俺の精液」

まさか興味を持ったのか、柏木が指を二本差し込んできた。

「く……あ！」

潤《うる》んだ肉襞を長い指でかきまぜられる。ぐしゅっと淫らな音が響き、はずかしくなった。

いや、中出しした本人がいじっているだけだ。はずかしがることはないだろうと自分に言い聞かせるも、やはりはずかしい。

「すごい。結構残ってますね」

「……待っ、……あぁ、はあ、ぅ」

三本に増やした指を出し入れされて、肉環の縁《ふち》からぬるんだ精液が溢れる。まるで蜜壺《みつつぼ》だ。絶えず響く音に羞恥心《しゅうちしん》を煽《あお》られて、たまらず唇を引き結ぶ。そのくせ、奥のほうをかきまぜられると、「はあぁ……ん」と甘い声を放ってしまう。性器が躍り、椎名の胸の辺りにまで先走りの汁が飛ぶ。

「侑さん、前も後ろもとろとろだ。やばい、めちゃくちゃ興奮する――」

「い、言うなよ、はずかしい……ああ、はぁ……あっ」

息を乱して喘いでいると、柏木が指を抜いた。かわりに凶暴なほど漲った男根《だんこん》を蕩けた後孔にあてがわれる。

「いいですか、二回戦」

すっかり高められたあとだ。焦点《しょうてん》の合わない目でこくこくとうなずくと、ぐしゅぅと水音を響かせながら、猛《たけ》ったオスが椎名のなかに侵入してきた。

「っはぁ……あっ、う」

毎夜のアナニーでほぐした後孔だ。その上、柏木を受け入れるのは二回目。まったくどこにも引っかかることなく、一息に根元まで怒張を呑み込んだ。

「ぅう……あぁ……！」

「本当にとろんとろんだ——すごい、潤みまくりですよ」

柏木がうれしげに言い、体を倒す。

先ほどはバックだったが、今度は正常位だ。柏木がすぐ目の前にいることに興奮し、その体を抱き寄せる。ぴったりと胸と胸とが重なる前に唇を奪われた。

「んん……！」

今夜でいちばん激しいキスかもしれない。獰猛《どうもう》な舌が口内へもぐり込んできて、椎名の舌の表や裏、頬の内側を這いまわる。根こそぎ欲しいと言わんばかりの動きに肌が粟立《あわだ》って、何もかも溶け落ちるような錯覚にとらわれた。

柏木をかき抱き、夢中になって熱情に応える。その間も怒張は椎名の媚肉を捏ねまわし、身の内で滾《たぎ》った快感の渦《うず》をひとまわりもふたまわりも大きくする。

「んぅっ、ふ……あ、はぁ、ん……」

——恋しい人に求められ、愛される幸せは、想像以上だった。

特徴のない冴えない男。椎名は自分のことをそう思っていた。けれど柏木は、ことあるごとに「きれいですよ」「かわいいですよ」と言ってくれた。

今夜もそうだ。全身で椎名を求めて、全身で愛してくれる。

柏木が一輪、また一輪と差しだしてくれた甘い言葉の花で、椎名の胸はいっぱいだ。明日からはきっと、この目に映る風景は鮮《あざ》やかに色を変えることだろう。どれほど椎名がはねつけても、「課長、会ってください」と迫った、柏木の強さが愛おしい。

「あぁ、好きだ……好きなんだ。俺は、君が――」

「侑さん、俺もだよ。俺もあなたが好きだから」

恋心を捨てなくて本当によかった。柏木の切羽《せっぱ》つまった声を聞いて、心からそう思う。

「うんっ、う……あ、っ……！」

絶頂が近い。柏木の体に脚を巻きつけて、みずから奥へと誘う。

一度目と同じく二度目も、体の奥に思いきり情液《じょうえき》をぶつけてほしい。柏木の髪を狂おしくかきまぜながら、何度も口づけを交わす。

「くっ……！」

柏木が目許を歪《ゆが》める。

ずんと最奥《さいおう》を突かれた刹那、椎名が望んだとおりの熱液《ねつえき》が肉壁に放たれた。その勢いはぶるっと身震いしてしまうほどで、椎名も二つの体の間で白濁《はくだく》を噴きこぼす。

「……っはぁ……あ……」

余韻が深いのはきっと柏木も同じだろう。互いになかなか接合《せつごう》を解く気になれず、ゆるゆると腰を動かしながら、見つめ合う。

「よかった。今夜、君が俺を捕まえてくれて」

汗ばんだ顔を引き寄せて、椎名のほうから口づける。普段は強い柏木の目許がぐっとやさしくなった。

＊＊＊＊

「――なんか人が多くないか？」

落ち着かない心地で辺りを見まわす椎名《しいな》に、柏木《かしわぎ》が「そりゃ多いでしょう。土曜日なんですから」とさらりと返す。

今日は柏木と初デートだ。県内のデートスポットのひとつ、水族館に来ている。

柏木はハプニングバーでの椎名の発言をちゃんと覚えていて、「初デートは水族館にしましょう」と提案してくれたのだ。

「いや、気にしないでくれ。君は忙しいんだし」

と、遠慮したものの、柏木は譲《ゆず》らなかった。

「いくら原稿の締切があるからって、侑《ゆき》さんとの初デートを、二週間も三週間も先延ばしにするわけにはいかないですよ。観覧車はライトアップされる夜のほうがきれいだから、夕食のあと、乗りに行きましょうか」

「え！　観覧車!?　そっちはさすがに辞退する。三十五にもなって乗れるもんか」

「でも憧《あこが》れだったんでしょ？　そういうデート」

「ま、まあ……」

「だったら乗りましょう。大丈夫ですよ。みんな自分の恋人に夢中で、他人のことなんか見てませんって。俺だってそうだし」

柏木はなかなか肝《きも》の太い性格をしている。

まあ、考えてみればそうだろう。肝が太くなければ、上司にちょっかいを出すなどできない。水族館はともかく、観覧車は本当にはずかしかったのだが、せっかく柏木が言ってくれたのだ。提案どおりのデートに出かけることにした。

「そうだ、侑さん。昨日、喫煙室で柳瀬《やなせ》課長に会ったんです。俺と目が合った途端に逃げてくからびっくりでした。別に社内ではふつうに接してくれたらいいのに」

「相当君のことが怖いんだろうな。あいつはいつも偉そうだから、ビクビクしてるくらいがちょうどいいよ」

——屋上で柳瀬をやり込めた柏木だが、しばらくして、椎名のいないところで柳瀬に呼びだされたらしい。

「総務課の柏木といったな。お前、ハプニングバーで俺を見たことを、誰にも言うんじゃないぞ。話したらただじゃおかないからな」

と、真っ赤な顔で迫《せま》られたのだとか。

「だったら柳瀬課長も、俺と椎名課長のことを他言《たごん》しないでくださいね。あなたがそれを約束してくれるなら、俺は誰にも言いません」

柏木はそう返し、柳瀬も了承したので、あの件は終わったと聞いている。

とはいえ、柳瀬にとって大きな爆弾を柏木が持っていることに変わりはない。柳瀬は結婚の話が白紙になるのが怖いのだろう。何にせよ、あれから椎名は柳瀬にいっさいマウントをとられなくなった。おかげで会社勤めが非常に快適だ。

同じ課に恋人がいるというのも、なかなかいい。柏木は意外にもきちんと線引きしてくるタイプだったので、なおさらだ。昼休憩の残り十五分を屋上で過ごすときだけ、椎名も柏木もほんの少し、恋人モードになる。

「あ、侑さん、見て。ウミガメだ。でっかいね」

「へえ、あのサイズなら背中に乗れそうだな」

こういうなんでもない会話を交わしているときでさえ、椎名の鼓動は忙《せわ》しなくなる。

柏木と付き合い始めて一週間。七つも年下の部下が恋人になったことに、まだ慣れていないのだ。だが、どきどきしないより、どきどきするほうが楽しいに決まっている。だから慣れないままでいいか、とも思う。

「どうしたんですか？　侑さん、顔が笑ってますよ」

「初デートだからな。そりゃ笑う」

「あ、いい返し。うれしいな」

人ごみにまぎれて、さりげなく柏木が椎名の手に指を絡《から》めてきた。

小声で「こら」と叱り、振り払う。が、周りを見ても、誰もこちらを気にしている様子がなかったので、あらためて椎名のほうから指を絡める。

おおー、と言いたげな顔を向けてきた柏木に、ふふっと笑ってみせる。

いつかの自分が妄想したとおり、互いを見つめる時間のほうが長いデートになりそうだ。

まさに王道のデート。三十五にして初めての体験だ。柏木の眼差《まなざ》しをひとり占めできることが幸せでたまらない。

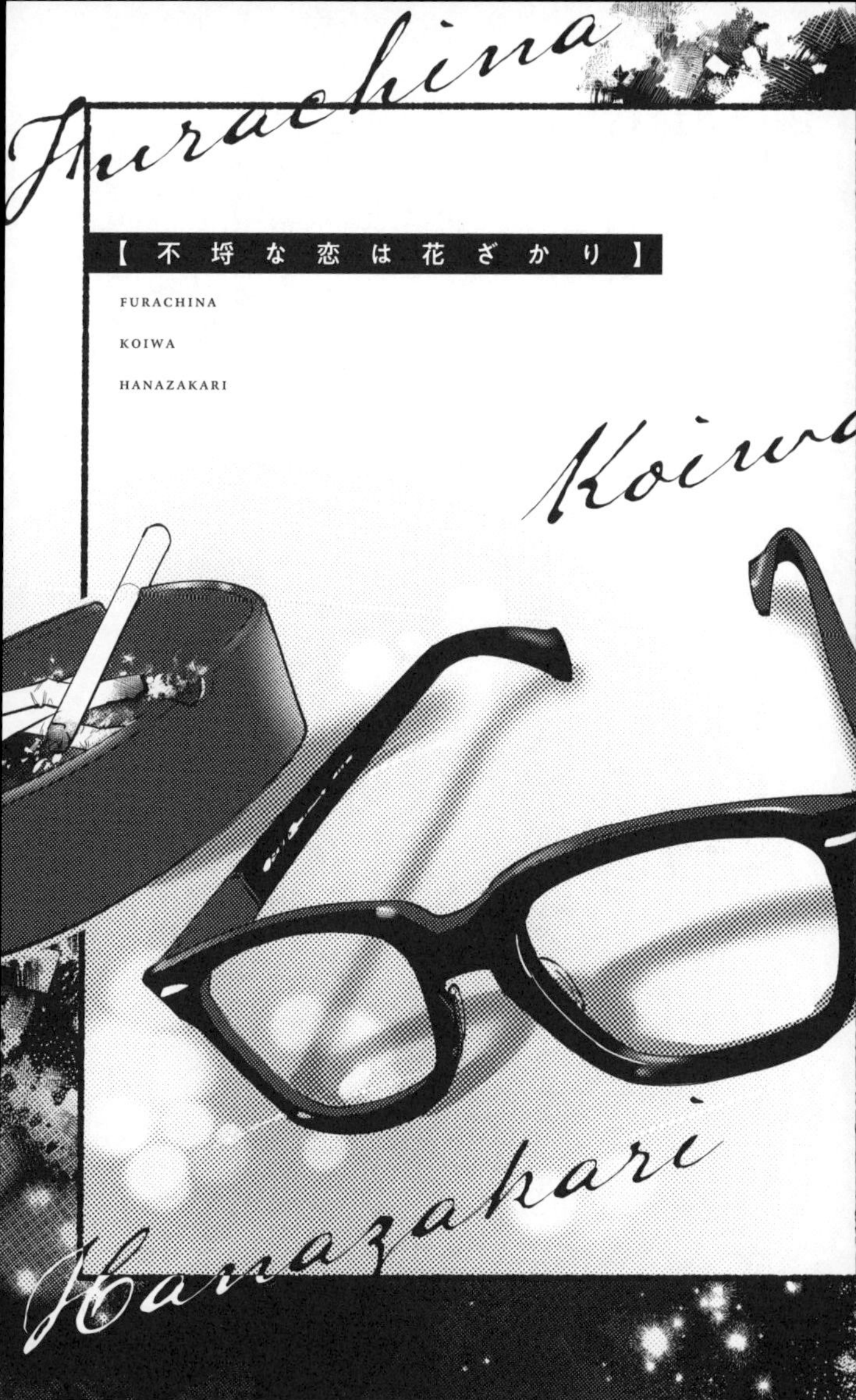
Furachina
【不埒な恋は花ざかり】
FURACHINA
KOIWA
HANAZAKARI
Koiwa
Hanazakari

終業を告げるチャイムが鳴った。

ありがたいことに、鹿南《かなん》物産の総務部総務課に残業はほとんどない。

その上、今日は金曜日。どこどこへ飲みに行くだの、いっしょに行かないかだの、フロアが週末特有のざわめきに包まれるなか、柏木《かしわぎ》がさりげなく椎名《しいな》のデスクへやってきた。

「課長。あとで電話してもいいですか？」

「電話？　いいよ。ていうか、私からかけようか。社を出たら」

「じゃあお願いします。待ってます」

ひそめた声でのやりとりだ。こちらを気にしている者はいない。

「では、お先に失礼します。お疲れさまでした」

柏木は一転、周囲にも聞こえるように言い、コートとビジネスバッグを持って、オフィスを出ていく。誰かが飲みの誘いをしていたが、「すみません、用事があるんで」と断っているのが聞こえた。

(忙しそうだな、たけもとちん先生は)

軽くデスクの周りを整えてから、椎名もオフィスをあとにする。

立春《りっしゅん》を過ぎたので、暦《こよみ》の上では春だ。けれど夕暮れどきの風はまだ冷たい。マフラーを少しずらして、約束どおり柏木に電話をかける。ワンコールで繋《つな》がった。

『あ、侑《ゆき》さん。すみません、電話してもらって』

「構わないよ。どうした」

『実はですね、今週は会えそうにないんです。原稿が修羅場《しゅらば》でして』

「だと思った。退勤する君が急ぎ足だったから」

柏木と付き合いだして約五ヵ月。だいたい三週に一度のペースで、修羅場とやらが訪れる。初めて修羅場という言葉を聞いたとき、椎名は痴情《ちじょう》のもつれから始まる喧嘩を想像したのだが、マンガ家の間では、締切間近の切羽《せっぱ》つまった状況をそう表現するらしい。ようするに尻に火がつき、真っ赤に燃え盛っているということだ。

もちろん、修羅場でない週末はたっぷりデートしている。泊まりもしょっちゅうだ。

だからこそ、あまりわがままは言いたくないのだが——。

「食事くらいならどうかな？　俺が君のアパートの近くまで行くよ」

『んー、心揺れるお誘いですが、今回は辞退します。侑さんと会うと、どうしても家に連れ込みたくなるし、したくなっちゃうんで』

「すればいいじゃないか。俺は立ったままでも、応《こた》えられる自信があるけどな」

冗談めかした口調で言いつつ、ドがつくほど本気だった。

だが柏木は、まるっと冗談だと受け止めたらしい。『やめてください。小悪魔どころか、魔王の誘惑じゃないですか。侑さん相手にそんな雑なことはできません』と笑っている。

いや、椎名の本気を察したからこそ、かわしたのか。

よほどのっぴきならない修羅場なのだろう。ならば、退《ひ》くしかない。

「ま、しようがないか。人気商売なんだから、忙しいのはいいことだし。俺のことは気にしなくていいよ。がんばって」

『ありがとうございます。また連絡しますね』

「了解。じゃ、月曜日に会社でな」

通話を終えて、おもむろに空を見る。

いまにも消えそうな三日月が、細く儚《はかな》げな光を放っていた。

＊＊＊＊

（くそう……さびしすぎる。休日だってのに恋人に会えないなんて）

ともすれば洩れるため息を押し殺し、椎名は鶏《とり》の胸肉にぶすぶすとフォークを突き立てる。

憂《う》さ晴らししているわけではない。チャーシューにするための下準備だ。

日曜日の常備菜《じょうびさい》作りは、椎名の長年の習慣だ。朝食や夕食に一、二品プラスするだけで食生活が豊かになるし、食卓も華やぐ。どうせやることもないのだ。無為な時間を過ごすより、有意義に過ごしたほうがいい。

チャーシューは十分ほど煮込んだあと、しばらく放置しておけば出来あがる。続けてパプリカのマリネを仕込み、ポテトサラダを作る。ときどきスマホを見るも、柏木からはＬＩＮＥのひとつも届いていない。

（まだ修羅場中ってことか。途中経過くらい、報告してくれてもいいのにな）

会社員の経験しかない椎名には、ゼロから何かを創《つく》りだす熱意も苦しみも分からない。絵がうまいだけでマンガ家になれるとも思っていない。だからこそ、柏木には思う存分やりたいことをやってほしいし、応援したいと思っている。

その気持ちに偽《いつわ》りはないのだが——さびしいものはさびしい。

恋人に会えないまま月曜日を迎えるなんて、からっからに乾いた砂漠の地で、一滴の水も飲めないようなものだ。干《ひ》からびた体であらたな一週間を始めるのがどれほどしんどいか、おそらく柏木は分かっていない。あいつは自分軸《じく》で生きている男だ。

（なんだよ、いっしょに食事するのも無理って。いくら修羅場でも、飲み食いくらいするだろうが。少し会えるだけでも、俺の心はぷるんぷるんに潤《うるお》うってのに）

さびしさが限界を突破したのか、じょじょに腹が立ってきた。だからといって、この気持ちを柏木にぶつけて、困らせることはぜったいにしたくない。

椎名は七つも年上なのだ。その上、上司。

別に柏木は趣味や遊びにかまけているわけではないのだから、そこはエールを送り、包み込んでやるのが年上の恋人の役目だろう。椎名から包容力をとり除いたら、残る魅力は尻の穴くらいしかない気がする。

（おっと、ネガティブな妄想はそこまでだ）

いじけたついでに自分で自分の価値を下げるほど、馬鹿らしいことはない。思考を切り替え、鍋に放置していたチャーシューをとりだす。

「お、うまいな」

スライスした端っこを味見して、思わず声が出た。

今日は少し醤油《しょうゆ》の量が多かったかなと思っていたのだが、これはこれで悪くない。柏木は薄味より濃い味を好むので、食べればきっと絶賛するだろう。

年下の恋人が上機嫌でチャーシューを頬張《ほおば》る姿を想像すると、たまらなくなった。

（と、届けに……行こうかな。差し入れとして）

差し入れを届けるだけなら、仕事の邪魔にはならないのではないか。チャイムを鳴らして、出てきた柏木に「はい！」と渡して、「じゃ！」と帰るだけだ。

鼓動が高鳴る。まるで片想い中の乙女のように。

まだ夕方の四時。時間帯に問題はない。このチャンスを逃すと、本当に柏木に会えないまま、月曜日を迎えてしまう。別にデートしたいわけではないし、セックスしたいわけでもない。干《ひ》乾《ぼ》しの体に、一滴の潤いが欲しいだけだ。

『あ、侑さん。え、チャーシュー作ったんですか？　わ、すごい。いただきます』

──プラス、笑顔。このくらいでいい。十分ぷるんぷるんになる。

椎名は棚から真新しい保存容器をとりだすと、急いでチャーシューをつめ込んだ。


柏木のアパートは、椎名の自宅から車で三、四十分ほどのところにある。

会社を挟んで、真反対の方角だ。遠いというほどではないものの、近くもない。柏木は車を持っていないので、がっつり時間のとれるときしか会おうとしないのは、この距離も障害になっているのだろう。

(別に呼んでくれたら、飛んでいくのにな)

いつものパーキングに車を停めて、古い商店街を歩く。

思いきって自宅を出て正解だった。道行く人を眺めたり、魚屋や惣菜屋《そうざいや》の威勢のいい呼び込みの声を聞くだけでも、気分転換になる。この辺りは下町特有の活気に溢れているのだ。誰もいない自宅で過ごすから、鬱々《うつうつ》とした気持ちが際限なく膨《ふく》れあがるのかもしれない。

(ひとりの時間を充実させる──それを今年の目標にするか。大人同士の恋愛なんだから、さらっとスマートに行かないと)

歩いていると、前方にスーパーが見えた。この商店街に唯一ある、小さなスーパーだ。

どうせ差し入れするのなら、ついでにコーヒーやおにぎりも持っていこうか。そう思って立ち寄るのを決めたとき、まさにそのスーパーから、柏木らしき男が出てきてぎょっとした。

見覚えのある着古したスウェットの上下で、これまた見覚えのあるダウンジャケットを羽織《はお》っている。手には、大きな買い物袋が三つ。ごぼうと長ねぎがにゅっと飛びだしている。背丈や後ろ姿、歩き方を見る限り、柏木でまちがいない。

にもかかわらず、『柏木らしき男』と思ったのは、となりに女性がいたからだ。

ただ並んで歩いているわけではない。二人はまるで恋人同士のように、ぴったりと寄り添っている。

（おいおいおい、どういうことだ。誰だあの女は）

三メートルほど先を行く二人を、小走りになって追いかける。

柏木は男ばかりの四人兄弟の末っ子で、姉も妹もいないことは知っている。女性のアシスタントを雇ったという話も聞いていない。ということは、女友達だろうか。修羅場の真っ最中に、友達と遊ぶ余裕があるとは思えないのだが。

いや、それ以前に、友達であの距離感はないだろう。柏木は『外でべたべたしないでくれよ、はずかしいだろ』という意思表示なのか、ときどき体を揺すっている。一方、女性はどこ吹く風で、柏木の左腕に自分の両腕を巻きつけている有様だ。

（ど、どうして……）

二人の後ろ姿を呆然と眺めている場合ではない。もしかして、かなり若作りな柏木の母親という線もなきにしもあらずだ。息子を溺愛《できあい》する母親なら、ギリギリ納得できる。

椎名は脇道を使って先回りすると、ごちゃついた自転車置き場の陰で二人を待ち構えた。

（あ、——）

最初に目に飛び込んできたのは、ぶるんと揺れる女性の大きなバストだった。

タートルネックのニットに、ボアのジャケットを羽織っただけのスタイルだ。ラクダのコブかと思うほどの二つの膨らみは、よく目立つ。その上、なかなかの美女だ。パッと見の年齢は三十代前半。どこからどう見ても、成人済みの四人の息子を持つ母親ではない。

浮気——。

極太の墨字《すみじ》で書かれたその二文字が頭のなかを跳ねまわる。

（いや……そんなはずはない。だって武琉《たける》は修羅場中だし……俺と付き合ってるし……）

椎名はよろつく足で、二人のあとをつけた。

そろそろ柏木の住むアパートが見えてくる。どこかで別れてほしい。知人でも友人でも何でもいい。ばったり会っただけの関係ならどれほどいいか。——その願いも虚《むな》しく、二人は迷いのない足取りでアパートの敷地内に入っていく。

柏木の部屋は二〇三号室だ。

巨乳の女が先に階段を上り、柏木があとに続く。

会話の内容は聞きとれない。けれど女は後ろを振り返り、はしゃいだ様子で笑っている。

部屋の前に着いた。買い物袋を女に預けた柏木が、ポケットから鍵をとりだす。それ以上はとても見ていられず、椎名は踵《きびす》を返した。


（なんだよ、どういうことだ。誰か説明してくれー！）

椎名は枕を抱えて、キングサイズのベッドの上でのた打ちまわる。

自宅へ逃げ帰ったものの、何も手につかない。とりあえず夕食をとり、呆然自失の状態で風呂へ入り――悶々《もんもん》としているうちに、いつの間にか午前二時だ。おそらく今夜は一睡《いっすい》もできないだろう。どうにか眠ろうと目を瞑《つむ》れば、ドオォンという効果音とともにあのバストがよみがえり、はっとして目を開ける。その繰り返しだ。

あの女性はいったい誰なのか。いや、素性《すじょう》などどうでもいい。椎名を脅《おびや》かす存在――柏木の部屋を訪れる女がいる。これは由々《ゆゆ》しき事態だ。

柏木は部屋着だったし、女性もカジュアルな服装だった。ということは、すでに二人は気の置けない間柄なのだと推測できる。彼女は興味深そうに辺りを見まわしていなかったので、きっと何度か柏木のアパートを訪れているのだろう。

よりにもよって、巨乳。柏木の好みのど真ん中。二人が仲よく二〇三号室の前へ辿《たど》り着いたのを見ただけで、心を木端微塵《こっぱみじん》にされた気分だ。

(くそう……俺はどうすればよかったんだ)

柏木を問いただすことなく踵を返したのは、我ながら意気地がなかったと思う。けれど二〇三号室に突撃したところで、玄関先に現れた柏木に「今週は会えないって言いましたよね?」と冷たく告げられたら、自分を保てる自信がない。それだけならともかく——全然よくないが——、キッチンからこっそり顔を出した女にくすっと笑われでもしたら、もはや再起不能だ。想像するだけで泣けてくる。

(こんな仕打ち、ありえないだろ。こっちは武琉を困らせないように、大人しくさびしい週末を過ごしてたってのに)

もしかして原稿が修羅場で忙しいというのは、うそだったのだろうか。

忙しいのは本当でも、椎名が想像するほど切羽つまった状況ではなかったのかもしれない。いや、切羽つまった状況だと思わせて、椎名を遠ざけたかったのか。実際、買い物袋の中身は食材だったのだ。あれはきっと、二人分の夕食の材料だ。

椎名はカッと目を開けた。

かわいさ余って、憎さ百倍。本命を差し置いて女を部屋に連れ込むなど、不届き千万《せんばん》だ。たとえ、お金で雇ったスーパー家政婦だとしても許さない。手料理が食べたければ、いくらでも椎名が作る。掃除だってしてやるし、マッサージだってしてやる。「あー、たまには女体が食いたくて」というのが本音なら、ただでは置かない。

(俺がどんなことでも笑って許すと思ったら、大まちがいだぞ。何が修羅場だ。大袈裟《おおげさ》な日本語の使い方をしやがって。俺が本物の修羅場とやらを教えてやる――)

どうせ今夜は寝られやしないのだ。

椎名は抱えていた枕を放り投げると、勢いよく起きあがった。

椎名がベッドを降りて約六時間後――。

新しい週が始まった。柏木はたいていギリギリの時間に出社する。だが今日はめずらしく、椎名がコーヒーを淹《い》れているときにやってきた。

「課長、おはようございます」

平凡なスーツに、セルフレームの眼鏡。けれど誰よりも男前。これが椎名の恋人だ。

顔を合わせるのは、金曜日以来ということになる。うっかり見惚《みと》れそうになったのを咳払《せきばら》いで誤魔化《ごまか》して、口角《こうかく》を持ちあげる。

「おはよう。今日は早いね」

どれほど腹が立っても、顔に出すような真似はしない。それが課長たるものだ。

笑みをたたえたこの顔を見て、柏木はまさか椎名が怒っているなど、想像もしないだろう。

素早く周囲に視線を走らせると、耳に唇を寄せてくる。

「朝、LINEしたんですけど」

知っている。だが既読《きどく》をつけてやるのが癪《しゃく》で、そのままにしておいたのだ。

「気づかなかったな。用件は？」

「修羅場を無事に抜けたのでご報告です。いろいろとご迷惑をおかけしました」

「そうか。お疲れさま。だがな、柏木くん――」

君の本当の修羅場はこれからだ。よくよく首を洗って待っておきなさい。

――と、声には出さずに唱《とな》える。

当然、柏木は唇の動きだけでは読みとれなかったらしい。

「え、なんて言いました？」

きょとんとするのを捨て置いて、椎名は自席に向かう。しばらくして始業を告げるチャイムが鳴った。

(さて、と。まずは仕事だ)

二月は、来年度の新入社員に関する仕事が多い。

たとえば入社式の段取りや、新人研修会で配布予定の資料の作成など。どれも総務課の一存で進められることではないので、各部署との打ち合わせもある。もちろん、日常の細々《こまごま》とした業務もおざなりにはできない。ひとつずつ仕事をこなしているうちに、あっという間に正午になった。

一般的な会社と同様、鹿南物産も十二時から十三時までが昼休憩だ。椎名はたいてい外で昼食をとり、柏木はほぼ毎日、社員食堂を利用する。交際前からこのスタンスなので、柏木は昼になると、椎名を待つことなく食堂へ向かう。

（よしよし、行ったな）

あえて時差をつけ、椎名もオフィスをあとにする。デスクのいちばん下の抽斗《ひきだし》に隠していた紙袋をぶら下げて。

向かうのは食堂だ。本社につめている社員が一斉に昼を迎えるのだから、混み合っている。柏木は、注文用の列のなかほどにいた。仲のいい課員の佐野《さの》と暢気《のんき》に談笑している。

「柏木くん。ちょっといいかな」

間近なところから呼びかけると、柏木がおどろいた様子で振り返る。

急ぎの仕事だと思ったのだろう。「はい」と素直に列を離れた柏木を連れて、テーブルと椅子の並ぶエリアへ向かう。食堂を利用する社員が座りたがるのは、窓際の席だ。それを承知の上で、あえてど真ん中のテーブルにつかせる。

椎名は柏木の横に立つと、耳許《みみもと》でささやいた。

「今日は定食を食べる必要はないよ。私が君の昼食を作ってきた」

「え……？」

意趣返し《いしゅがえ》の始まりだ。椎名はにっこり微笑《ほほえ》み、紙袋から弁当の包みをとりだす。

弁当といっても、ごくふつうのランチボックスではない。だから高さがある。包むのに使ったのも、ちりめんの風呂敷だ。これはただごとじゃないぞと柏木は察したらしい。待ってください、まじですかと言いたげに椎名を見るのをスルーして、優雅な手つきで包みをほどく。

美しい漆《うるし》の二段重《にだんじゅう》が現れた。

じゃーん、と効果音をつけたいほどだ。絶句した柏木が口を半開きにする。

「開けてみなさい。私の愛情がぎゅうぎゅうにつまってる」

「は……ちょ、……おせち？」

「馬鹿なことを言うんじゃない。正月はとっくに終わってるだろ。開けないのか？　だったら私が開けさせてもらうよ」

食堂の時計は十二時十分をさしている。窓際以外の席もじょじょに埋《う》まっていく時間帯だ。おいおい、すげえ弁当を持ってきてるやつがいるぞ——好奇心にまみれた視線が柏木に突き刺さるなか、椎名はお重の蓋《ふた》をとる。

「鶏肉のチャーシューに鮭《さけ》の南蛮《なんばん》漬《づ》け、ごぼうと人参《にんじん》の肉巻き。君の好きな豚肉の生姜《しょうが》焼きも入れてある。野菜のおかずは、アスパラの胡麻《ごま》和《あ》えとパプリカのマリネ。彩《いろど》りに使ってるブロッコリーにも、ちゃんと味をつけてるから」

一段目を外すと、二段目が現れた。こちらには三色おにぎりとフルーツをつめている。

「遠慮はいらないよ。さあ、どうぞ」

柏木に割り箸《ばし》を差しだしたとき、定食を載せたトイレを持って、佐野がやってきた。

「わ、すご！　もしかして課長が作ったんですか？」

この問いかけを待っていた。佐野は新卒で入社した当初から椎名の下にいるだけあって、痒《かゆ》いところに手の届く仕事をしてくれる。

「や、その、これは──」

あたふたする柏木に構わず、椎名は「まさか」と笑う。離れたテーブルにも届く声で。

「柏木くんの恋人が作ったらしいよ。オフィスに忘れてたから、私が届けに来たんだ」

佐野の「恋人!?」という声に、柏木の「はあっ!?」がまじる。

「へえ、うらやましい！　すごい豪華ですね。ていうかお前、彼女いたの？　初耳なんだけど」

「…………」

「うん？　柏木くん、どうして黙るんだ。もしかして恋人じゃなくて、本当はお母さまが持たせてくれたものなのかな？」

「……いえ。俺、ひとり暮らしなんで」

「知ってるよ。だから？」

「……恋人で合ってます。……恋人が作ってくれました」

顔は半分死んでいたが、いい返事だ。ふふっと笑う。

「そうかそうか、やはり恋人か。君はとても料理上手な方とお付き合いしてるんだね。月曜の朝から、これほど手の込んだお弁当を作ってくれる人は、なかなかいないよ。きっと柏木くんのことが好きでたまらないんだろう。すばらしいね。大事にしてあげなさい」

意趣返し、終了だ。柏木の肩をポンと叩いて、椎名は食堂をあとにする。

多忙を理由に本命の誘いは断ったくせに、女とは過ごしていたのだ。このくらいの仕返しなど、かわいいものだろう。興味津々《しんしん》の眼差《まなざ》しを全身に浴びながら、気まずい心地であの弁当を食べればいい。ついでに柏木を密《ひそ》かに狙う女性社員を牽制《けんせい》できれば、なおよしだ。

(さて、俺は何を食おうかな。パンでも買って、デスクで食べるか)

コンビニに向かうつもりで、エレベーターを待っていると、柏木が駆けてきた。

必死の形相《ぎょうそう》だ。紙袋を抱えている。中身はきっと二段重だ。

「食わないつもりか？　恋人の手作りだぞ」

「食堂で食えるわけないでしょうが！　注目の的ですよ！　屋上へ行きましょう、屋上へ」

「やだね。ひとりで行けよ。寒いのはごめんだ」

「いいから屋上で待っててください！　俺もすぐに行きます！」

柏木のことはいまも変わらず好きなのだ。真っ赤な顔でそんなふうに言われたら、突き放せない。「ったく……勝手だな」とひとり唇を尖《とが》らせて、屋上へ向かう。

夏の間は毎日屋上へ出ていた椎名だが、冬になってからは久しぶりだ。幸い、あたたかな日のようで、階段室を出るとぽかぽかした陽気に包まれる。

ほどなくして、柏木が大荷物を抱えてやってきた。

「風邪引くとまずいですから」

椎名に手際よく自分のコートを着せ、マフラーを巻きつける。続いて、コンクリートの床に一枚二枚と新聞紙を敷き始めた。レジャーシートのかわりということか。ちゃっかりペットボトルのほうじ茶まで買っている。そのうちの一本を「はい」と渡された。

「……ありがとう」

柏木が靴を脱いだので、椎名も脱ぐ。向かい合って、新聞紙の上へ座った。

もうギャラリーはいない。広い屋上で二人きりだ。

食堂では舞台俳優さながらに振る舞えたというのに、二人になると、なんだか居心地が悪い。空を行く鳥を眺めるふりで、視線を逸《そ》らす。

「――で、どういう風の吹きまわしですか。いきなり手作り弁当なんて。俺の身にもなってください。めっちゃ汗かいたんですよ？」

「ふうん。迷惑だったってことか。君を想って作ったのに」

「迷惑とかそんな、びっくりしただけです。作ったなら作ったで、ＬＩＮＥで教えてくれたらいいのに、人前であんなふうに渡すから。その上、でかいし」

「俺の愛情がランチボックスに収まるわけがないだろ。四段重でも足りないくらいだ」

本音を口にすると、柏木の表情から険《けん》がなくなった。しばらく椎名を見つめたあと、わずかに口許をほころばせ、紙袋から二段重をとりだす。

「俺のためにありがとうございます。いただいてもいいですか？」

「もちろん」

手を合わせた柏木が重箱の蓋を外す。

「すごい。やっぱりおせち並みじゃないですか。俺、こんなきれいなお弁当、もらったことないですよ。課長はほんと、料理上手ですね」

社内と会社近辺では、たとえ人の目のないところでも「柏木くん」「課長」と呼び合おうと、二人の間で決めている。けれど手作り弁当を挟んで向かい合っているせいか、呼び方に気をつけたところで意味がないんじゃないかと思うくらい、雰囲気がぐっと甘くなる。

（だめだ、だめだ！　俺は怒ってるんだからっ）

和《なご》みそうになった自分を叱咤《しった》して、「ま、今朝は時間があったし」と澄ました顔で言う。

柏木は記念のつもりなのか、スマホで二、三枚写真を撮ると、まずは鶏肉のチャーシューに箸を伸ばす。

「あ、うまい！　俺の好きな味です」

「だろう？」

鮭の南蛮漬けも肉巻きも、「おおー、まじでうまいです」と手放しで褒《ほ》められた。

そりゃうまいに決まっている。恋人に食べさせるものなのだから、手抜きはいっさいしていいない。ただし、意趣返しとしてはどうなのか。食堂では引き気味だった柏木だが、いまや満面笑顔で弁当を頬張っている。

（なんだよ、修羅場感が一気に下がったな。まさか屋上で食べるなんて思わなかったし）

渋い顔で眺めていると、箸を置いた柏木が、紙袋と風呂敷を探り始めた。

「どうした」

「いいえ、お箸がもう一膳《ぜん》ないかなと思って」

「ないよ。一膳しか入れてないから」

柏木は「やっぱり？」と苦笑したのも束《つか》の間、チャーシューを挟んだ箸を、椎名の口許へ持っていく。

「はい。あーんして」

「え……」

「せっかくだからいっしょに食べましょう。課長、昼メシ抜きになっちゃいますよ。大丈夫、誰かが来たら、扉の開く音で分かります」

自宅デートのときですら、「あーん」で食べさせられたことはない。どぎまぎしながら口を開くと、すっと箸を進められる。

柏木は三角食べをする男だ。続けて一口分のおにぎりを口に入れられる。

自分で作った弁当だというのに、いままで食べたどんな食事よりもおいしい気がした。

「お、俺のことはいいから、君が食べなさい」

「もちろんいただきますよ。課長の手料理、大好きなんで。はい、あーん」

――おかしい。これのどこが意趣返しなのか。むしろ、ご褒美《ほうび》じゃないのか。

椎名にとっては、さびしい週末をひとりで耐えたご褒美で、柏木にとっては、修羅場を抜けられたご褒美。「あーん」で食べさせてもらえる幸せと、柏木の目許に刻《きざ》まれっ放しの笑い皺《じわ》が、椎名の胸を熱くさせる。

「俺、この肉巻き、好きです。ごぼうが入ってますよね？　食感がすごくいい。ごぼうって滅《めっ》多《た》に食べないから、新鮮です」

そうだ、ごぼう。思いだした。

昨日柏木のぶら下げていた買い物袋から、ごぼうが飛びでていたことを。

「あーん」の威力が強すぎて、眠れぬ夜を過ごしたのを忘れるところだった。つっと片方の眉を持ちあげて、意地悪な顔をしてやる。

「あまり食べないだと？　昨夜《ゆうべ》はごぼうの入ってる料理を食べたくせに」

肉巻きを頬張っていた柏木が、不思議そうにまばたく。

「どうして？　昨日はごぼうの日かなんかだったんですか？　別に食ってないですよ」

「じゃ、何を食べたんだ。長ねぎのほうか」

「あ、長い野菜を食べたら長生きできるみたいな日？　俺、そういうの全然興味ないんですよね。恵方巻《えほうま》きも食べないし。昨夜はカップラーメンを食べました。ちなみにみそ味です」

さらりと答えられてしまい、眉根を寄せる。

柏木は基本的にうそはつかない。善人という意味ではない。都合が悪いときは、黙るタイプなのだ。食堂で『恋人』の手作り弁当だということを、佐野の前でなかなか認めようとしなかったように。

「ふうん。食事は手っ取り早く済ませて、女体をとことん堪能《たんのう》したんだな」

ほうじ茶を飲んでいた柏木が派手にむせる。

ビンゴかと思ったのも束の間、こちらも椎名の勝手な思い込みだったらしい。柏木は扉がしっかり閉まっているのを目で確かめると、苦笑する。

「課長。会社で女体とか言うの、勘弁してください。原稿のことですか？　そりゃもう、爆《ばく》乳《にゅう》を描きまくりましたよ。たけもとちんに求められてるのは、女のおっぱいなんで」

「……うん？　マンガのなかでしか堪能してないってことか？」

「は？　当たり前でしょ。リアルで女を堪能したら、浮気になるじゃないですか」

ますます意味が分からない。だったら、昨日見たあの光景はいったい何だったのか。

ひとり混乱していると、柏木が箸を置き、真面目な顔をした。

「この週末は、会えなくてすみませんでした。マンガ家と付き合うこと、嫌になってませんか？」

まさかそんなことを訊かれるとは思わず、「えっ！」と声を上げる。

「なってないよ！　なるわけないじゃないか。俺は君の創作活動を心から応援してる」

「よかった。俺、課長の心が離れるかもって、正直不安だったんです。言い訳になりますが、ここのところ締切続きで、ほんと余裕がなくて。だけど今週は、土曜日も日曜日もまるっと空《あ》けてますから、デートしましょうね。ていうか、デートしてください。お願いします」

男らしく頭を下げられ、いっそう混乱が深くなる。

うそをついているようには見えないし、椎名を騙《だま》そうとしているようにも見えない。どこからどう見ても、いつもの柏木──椎名に夢中の年下の恋人だ。

「待ってくれ。いや、デートはするよ。だけどその前に、君は俺に言わなきゃいけないことがあるんじゃないのか？」

「言わなきゃいけないこと？」

まばたいた柏木が、「ああ」と笑う。

「そういえば、今日はまだ言ってなかったですね。課長のこと、大好きですよ」

「いやいやいや、そうじゃなくて！」

「じゃ、何。はい、あーん。鮭の南蛮漬け、ラスイチです」

一膳の箸で交互に食べながらだと、なかなか話が進まない。おかずと一口分のおにぎりを飲み込んでから、椎名は拳《こぶし》を振る。

「他にあるだろ⁉　もっとこう、俺と君との仲に関わる重大なことが……！」

「えー、なんだろう。別に普段どおりですけどね」

「とぼけるな！　ほら、あれだよ、あれ！」

焦《じ》れったくて急《せ》かしたものの、よく考えれば、『バレました？　実は俺、巨乳の女を狙ってるんです』だの、『すみません、隙あらば浮気をするつもりでした』だのと、恋人に打ち明けるやつはいない。追い込み方をまちがえたなと思っていたとき、柏木がポンと膝《ひざ》を打ち、椎名に人差し指を向けた。

「分かった！　さては佐野さんから聞きましたね？　俺、引っ越しを考えてるんです」

「ひっ……引っ越し、だと……？」


予想だにしなかったところへ話が転がってしまった。

いったいどういうことなのか。根掘り葉掘り訊きたかったが、残念なことに昼休憩には限りがある。話の続きは終業後、夕食をとりながらすることにした。

といっても、立ち寄る先は、会社の最寄《もより》駅近くにあるラーメン屋だ。

デートで行くような店ではない。だからこそ、都合がいい。総務課の誰かに出くわしたとしても、「私も柏木くんも小腹が減ってね」と誤魔化すことができる。

「――最近、となりの二〇二号室に親子が引っ越してきたんです」

二人用のテーブル席だ。ラーメンを注文した柏木が、うんざりした様子で話し始める。

「母親と小学生の子どもが二人の三人家族です。子どもはやんちゃだわ、母親は強烈だわで、全然気の休まる時間がなくて」

「あー、生活音が響くってことか。君のアパートは壁が薄いもんな」

「正直、子どもが賑《にぎ》やかなのはいいんです。俺も近所に迷惑かけまくって育った自覚があるので。ただ、母親がねえ……」

深いため息が落とされた。

「距離感ゼロのタイプなんです。お裾分《すそわ》けだのなんだのって、やたらとピンポン鳴らしてきたり、俺が外へ出たタイミングで話しかけてきたりして。俺、プライベートにずかずか踏み込んでくる人って、苦手なんですよね。修羅場に突入したのも、半分以上その母親のせいです。いちいちイライラさせられるから、気が散って原稿どころじゃないですもん」

下町の雰囲気は気に入っている。アパートが古い分、家賃が安いのもいい。だが、隣人の振る舞いがストレスだ。――そういう理由で、柏木は引っ越しを検討しているらしい。

「初耳だぞ。どうして俺に話さなかったんだ。佐野くんには話したくせに」

「別に隠してたわけじゃないです。課長といっしょにいるときは、はた迷惑なおとなりさんのことなんか、頭からすっぽ抜けてますので。佐野さんとはたまたま賃貸物件の話になって、その流れで愚痴《ぐち》っただけです」

椎名が「ふうん」とうなずいたとき、ラーメンが運ばれてきた。いただきますと二人で手を合わせて、しばらくラーメンを食べることに集中する。

見えなかったものが、おぼろげながら見えてきた。

親子が引っ越してきたのは、柏木のとなりの部屋。ということは、当然アパート付近の地理は把握しているだろうし、帰宅するときは柏木と同じ階段を使う。

「柏木くん。二〇二号室のママさんは、いくつくらいの人なんだ？」

「あー、いくつだろう。年齢は聞いてません。俺より少し上なんじゃないかな」

「じゃ、三十代前半辺りか。で、その方の体つきは？　上半身が気になるんだが」

柏木がぴたっとラーメンをすするのを止《や》めた。そのわりにはすぐに答えようとせず、蓮華《れんげ》を使ってスープを飲んだり、駅へ向かう人の流れを眺めたりしている。

一種のだんまりだ。

「君は分かりやすいな。そんなに答えづらい質問をしたかな」

「や、だって、体つきは関係ないでしょう。ていうか、そこ訊きます？　俺はその母親に迷惑してて、引っ越しを考えてるってのが、話の本筋なのに」

「へー、本筋から逸れた質問をしちゃだめなのか。隠しごとされたみたいでさびしいな。ちん先生の女性の好みは重々承知してるから、気になっただけなのに」

わざと拗《す》ねた顔をすると、柏木が「ああもうっ」と耳の裏をかく。

「ようするに、でかいか小さいか知りたいんでしょ？　答えますけど、変に勘繰《かんぐ》ったりしないでくださいね。でかいっすよ。2次元級ですから」

——繋がった。

三十代前半の巨乳女性。椎名が昨日見たのは、おそらくこのシングルマザーだ。

「2次元級か。じゃ、ちん先生にとっては眼福《がんぷく》だな」

「ほら、ね？　そうやってむくれるから、言いたくなかったんです」

「むくれちゃないさ。心がじゃっかんざわついたってだけで」

ここまで聞いたからには、きっちりモヤモヤを晴らしたい。「今日寄ってもいいか？」と尋ねると、これまた露骨《ろこつ》に顔をしかめられる。

「別にそのママさんとは何もないですよ？」

「分かってるよ。ちん先生がどれほど過酷《かこく》な環境に身を置いてるか、知りたいだけだ」

「ったくもう。ちん、ちん言うの、やめてください。外なのに」

ラーメン屋を出て、二人並んで駅へと向かう。

普段なら改札をくぐったところで別れるのを、その先も並んで進む。電車に十五分ほど揺られたあと、柏木にとって馴染みの駅に降り立つ。よく考えると、会社帰りにアパートへ寄るのは初めてだ。新鮮な心地で商店街を歩いているうちに、アパートが見えてくる。

「気をつけてくださいね。おとなりさん、かなりぐいぐい来る人ですから。俺が帰宅したタイミングで、たいてい出てくるんです」

こそっとささやいた柏木が、先にアパートの階段をのぼり始める。

鉄製の階段だから、革靴の響く音で分かるのか。柏木の言ったとおり、二〇二号室の扉ががばっと開き、エプロン姿の女性が出てきた。

「柏木くーん、おかえりなさぁーい！　今日は遅かったのねー」

なかなかの美人で、ラクダのコブ並みのバスト。まちがいない、あの女性だ。

柏木は慣れたもので、「どうも」と会釈《えしゃく》すると、さっさと二〇三号室へ向かう。

そのさなか、彼女の視線が椎名を捉《とら》えた。目が合ったからには挨拶《あいさつ》するのが常識だろう。けれど彼女は「こんばんは」と口にした椎名をスルーして、柏木にまとわりつく。

あなたに用はないわよ、という心の声が聞こえた気がした。

「ねえ、柏木くぅん、ちょっと助けてもらっていい？　マーマレードの瓶《びん》が開かなくて。今夜はね、鶏肉のマーマレード煮を作ろうと思ってんの。あたし、女子力高めでしょー？」

くねっとしなを作った彼女が、柏木にマーマレードの瓶を差しだす。

なるほど、確かにぐいぐい来る人だ。柏木の眉間《みけん》に二本も三本も縦皺《たてじわ》が寄っていることなど、気にもとめていない。

普段からこんな感じで接触しているのかと思うと、無性にムカムカした。

「よかったら、私が開けましょう」

彼女の返事を待たずして瓶をさらい、ぐいっと蓋を捻《ひね》ってから、彼女に返す。

はああ？　あなたに頼んでないでしょっ！　ということなのか、むっとした顔をされる。

互いの顔の間でバチッと火花が散るのを感じたとき、柏木に腕を引っ張られた。そのまま二〇三号室の玄関の内側へ連れ込まれる。柏木が素早く扉に鍵をかけた。

「ちょっとぉ！　どうしていつもそんなに素《そ》っ気《け》ないのー？　ねえ、いっしょに晩ごはん食べないー？　うちの子たちも喜ぶしー」

「お断りします。俺に構わないでください。ほんと迷惑なんで」

柏木は扉越しにピシャリと告げると、げんなりした顔つきでダイニングへ向かう。

椎名には「適当に座ってくださいね」と言い、自身は咥《くわ》え煙草で湯を沸かし始める。仕事が立て込んでいるときですら、これほど疲れた顔を見せることはない。大きなため息とともに吐きだされた煙が、換気扇《かんきせん》に吸い込まれていく。

「どう思います？　なかなかの強烈キャラでしょ？」

「ああ、想像以上だった。あのママさんは、引っ越してきた当初からあんな感じなのか？」

「いえ、最初の頃はまったくです。こっちが挨拶してもツンってしてたくらいで。それがある日を境に、突然ぐいぐい来るようになったんですよ。雷にでも打たれたんでしょうかね。意味が分かりません」

ピンと来た。——おそらく眼鏡だ。

彼女は過去の椎名と同様に、柏木のダサ眼鏡しか見ていなかったのだろう。けれど柏木は、休日はコンタクトレンズを使う。眼鏡のない柏木があまりにも男前で、ただの隣人から、恋人候補兼パパ候補に格上げになったにちがいない。

「眼鏡だと増えないライバルが、コンタクトだと増えるのか……」

頭を抱えたとき、子どもの騒ぐ声が響いた。

言わずもがな、二〇二号室からだ。「もぉー！　あんたたち、静かにしなさーい！」という母親の声もセットだ。柏木の表情から、ますます生気がなくなる。

「いつもは、帰宅した瞬間から耳栓《みみせん》をしてるんです。ノイズキャンセリングのやつ」

「しんどいな。耳の穴が痛くなるだろ」

「心の平安を守るためです」

コーヒーの入ったマグを二つ持って、柏木がダイニングテーブルにやってきた。その間も二〇二号室は、なんやかんやとやかましい。

ここのところ、柏木とのデートは、外か椎名のマンションかだったので、これほど賑やかな一家がとなりに引っ越してきていたなんて知らなかった。副業をしていない椎名でも、この環境では心身の健康を損なう気がする。

なんだか浮気を疑ったのが申し訳なくなった。くつろげない家など、家ではない。

「実は昨日、武琉とあのママさんが商店街を歩いてるのを見たんだよ」

コーヒーを一口すすって、椎名は切りだした。

「えっ、昨日って……日曜ですか?」

「ああ。夕方頃だ。休日なのに君に会えないのはさびしいから、せめて差し入れだけでも届けたいと思って、君のアパートに向かってたんだ」

すると、商店街のスーパーから二人が出てきた。

二人の恋人同士のような距離感にショックを受けて、あとをつけたこと。仲よくアパートの部屋の前に辿り着いたのを見て、踵を返したこと。順を追って語ると、柏木が額《ひたい》に手をやって天井を仰《あお》ぐ。

「うわ、最悪だ……。声かけてくださいよ。もしかして浮気を疑いました?」

「少しだけ。あの人がおとなりさんだったなんて知らなかったし、彼女の外見というか、胸のサイズも、君の好みのど真ん中だったし」

柏木は「あー」だの「うー」だのと唸《うな》り、テーブルに突っ伏す。交差した腕の間から椎名を見上げる顔は、雨にあたった犬のようだった。

「俺、浮気なんかしないですよ。やっとの思いで侑さんを捕まえたのに。それに胸がでかけりゃ、誰でもいいわけじゃありません。そういう話、前にしましたよね? 付き合うのに巨乳は必須条件じゃないって」

「……だよな。ごめん。なんか、悪いほうに考えてしまって」

ため息をついた柏木が、昨日のことを話し始める。

「俺は、ライターを買いに行っただけなんです」

修羅場に備えて煙草は買い込んでいても、ライターがガス切れしたら吸えない。

くそう、うっかりしてたなと思いつつ、ついでに食料も補充しておくかとスーパーまで足を延ばしたら、運が悪いことにあのママさんと鉢合《はちあ》わせてしまったらしい。

『もぉー！　男子なんだから、荷物くらい持ってくれてもいいんじゃないの？　同じアパートなんだからぁ！』

と、キャンキャン騒がれて、仕方なく彼女の買い物袋——三つすべてだ——を持って、いっしょに帰るはめになったのだとか。

「お礼にって晩ごはんに誘われたんですが、断りました。俺は二〇二号室に入ってないし、あの人を自分の部屋にも入れてません。侑さんがあと十秒見守ってくれてたら、お互いの部屋へ帰っていくシーンが見れたと思います」

「そっか。……ま、そうだろうな」

最後まで見届ける勇気がなかったばかりに、焼かなくてもいいやきもちを焼いてしまった。

決まりの悪い思いでコーヒーを飲んでいると、ふいに柏木が「あっ」と声を上げる。

「もしかして、今日の手作り弁当って、何か意図があってのことですか？」

勘づくのも当然だろう。椎名は、会社であれほど大胆な振る舞いをしたことはない。

自分の暴走ぶりがいたたまれなくなり、目が泳ぐ。

「意図はない……とは言えないな。ありありだ」

「うわぁ、やっぱり」

「なんていうか、武琉を少し困らせたかったんだ。そこらの女より、俺のほうが君好みのおかずを作れるんだぞっていうアピールもしたかったし。ようするに、やきもちを焼いたら真っ黒に焦《こ》げついて、馬鹿でかい弁当に姿を変えたってことだ」

ドン引きされるかと思いきや、意外にも柏木はふふっと笑う。

「なるほど、そう来るんだ」

「うん？　何が」

「侑さん、相変わらずちょっとズレてますよ。女と並んで歩いてた彼氏のために、重箱弁当を作るとか。大量のわさびを練り込んだおかずを食わせるなら、まだ分かりますけど」

柏木の言ったことを想像してみる。一秒で答えが出た。ありえないと。

「そんなの、嫌がらせじゃないか。惚れた男にする行為じゃないよ」

「やさしいんですね」

「やさしくはないさ。君が好きってだけで」

「うれしいな。俺も好きです。侑さんのそういうところ」

強い目をした男が微笑むと、どうしてこうも甘い雰囲気になるのか。

椎名のいちばん好きな表情だ。じんと頬が熱くなり、けれどそっぽを向くのはもったいなくて、赤い顔のまま、柏木を見つめる。アパートに寄って本当によかった。モヤモヤは消えたし、久しぶりにプライベートな空間で柏木と二人きりだ。

にもかかわらず、色っぽいムードにならないのは、となりの部屋から洩れ聞こえるリコーダーの音のせいだろう。きっと音楽の宿題だ。ときどき派手に音が外れるので、心地いいとは言い難《がた》い。柏木と揃って苦笑する。

「ま、引っ越しはぜったいするので、安心してください。おとなりさんに関係なく、前からしたいって思ってたんですよ。古いアパートだから、小さな不便が結構あるんです」

柏木は椅子を立つと、仕事部屋から紙の束《たば》を持ってきた。

物件情報をプリントアウトしたものらしい。ダイニングテーブルに広げたそれを、二人で覗き込む。

椎名の暮らす区内の物件ばかりだ。「おっ」と声を上げる。

「もしかして、俺のマンションに近いところを探してるのか？」

「そりゃだって、引っ越しするなら、侑さんに近づきたいですもん。だめでした？」

「全然全然。俺も近いほうがいい」

柏木が同じ区内に引っ越してきてくれるなら、車で片道三、四十分の距離が半分以下に縮《ちぢ》まる。平日の夜にデートしたり、泊まり合ったり、互いの家を行き来したり――。

夢のような日々を描いているさなか、馴染みのあるマンション名が目に飛び込んできた。

「ん？　これは」

と、プリントを手にしようとしたところで、柏木に奪われる。

「あっ、なんでとるんだ。見せてくれよ」

「すみません、ちがうんです」

「ちがうって何が。それ、うちのマンションじゃないか」

柏木が渋々といった様子で、椎名にプリントを差しだす。

やはりそうだ。椎名はこのマンションの五階の角部屋に住んでいる。

入居者を募集しているのは、三階の角部屋のようだ。家賃も間取りも、まったく同じ物件が掲載されている。

「もしかして、ここも検討してるのか？」

「まあ、はい、一応。もっと気軽に侑さんに会いたいなと思って。同じマンションに引っ越せば、これ以上ないくらい、距離が縮まるじゃないですか。それにあの辺って、街並みが整ってるでしょ？　港もあるし、公園もあるし、おしゃれなカフェも多いし、ゆったりした気持ちで生活できる気がするんですよね」

うんうん、そうだよ、そのとおりだという意味で、椎名は目を輝かせてうなずく。

一方、柏木は浮かない表情だ。

「ただ、家賃が高い。ぶっちぎりで予算オーバーです。あと、ひとつひとつの部屋が広すぎます。俺はマメなタイプじゃないんで、維持《いじ》できません」

「え……」

「ということで、検討の末、却下した物件です。すみません」

「ええっ……」

虹色の雲の上から、一気に地上へ落とされた気分だ。

がっくりとうなだれたものの、柏木の言うことはよく分かる。

椎名もあの部屋を借りるとき、まったく同じ理由で悩んだからだ。ただ、一度は住んでみたい地区だったし、賃貸マンションのわりにはグレードも高い。仕事をする上でモチベーションに繋がるんじゃないかと考えて、思いきって決めたのだ。

「でもよかった。侑さんも近いほうがいいって思ってくれてたんですね。恋人とは少し距離のあるほうが落ち着く人もいるじゃないですか。もしかして侑さんはそういうタイプなのかなって思って、引っ越しを検討してること、なかなか言いだせなかったんです。会社では毎日顔を合わせてるわけですし」

「そんな……。会社で会うのとプライベートで会うのは、全然ちがうじゃないか。俺だって、もっと君に会いたいよ」

肩を落として、手のなかの物件情報を見つめる。

（確かにこの部屋は厳しいだろうなぁ……。武琉は平社員だし。でもま、いまより近いところへ引っ越そうとしてくれてるんだから、いいことにするか）

あきらめて別の物件情報を手にとったとき、はたと気がついた。

家賃が高くて、部屋も広い。ひとり暮らしなら、却下されがちな物件だろう。けれど、二人暮らしを想定するならどうだ。

「た、武琉……！　俺はたったいま、すごいことを思いついたぞ……！」

「ん、なんですか？」

「俺の部屋へ引っ越してくればいいじゃないか……！　家賃は半分になるし、部屋だって無駄なく使える。二人で住むなら、ちょうどよくないか⁉」

柏木はいつものように「あー」と言う。口癖だ。

だが、その三秒後にはびくっと肩を跳ねさせて、「ええっー」と大きな声を上げた。


よくぞ思いついたと、自分に拍手を送りたい。

興奮で頬を上気させる椎名《しいな》と、唖然《あぜん》とする柏木《かしわぎ》――顔を見合わせるなか、柏木が困惑気味に下顎《したあご》をかく。

「いやいや、侑《ゆき》さん。同じ会社で働いてるのに、同棲《どうせい》はまずいでしょ。会社の人にバレたとき、どう言い訳すればいいんですか。人事に住所変更届を提出した時点でバレますよね?」

「俺と君が話さなきゃ、バレないさ。俺だって君の安否《あんぴ》確認をするとき、結構面倒な手続きを経《へ》て、住所を入手したんだ。社員の個人情報にはロックがかかってるし、情報を扱う担当者には、秘密保持義務がある。いまはいろいろとうるさい時代だから」

事務処理する上で、仮に担当者が気づいたとしても、口外《こうがい》される可能性は限りなく低いということだ。そもそも口外すれば、処分が下る。

「へえ……」と考えるような仕草を見せた柏木に、なおも言う。

「ま、バレたところで、『騒音がひどいから、課長の家に居候《いそうろう》させてもらってます』でいいんじゃないのか? 理想の物件が見つかり次第、出ていくってことで」

「えっ、期間限定なんですか?」

「ちがうちがう。そういうていで、しれっといっしょに末永く暮らせばいいじゃないかって話だよ」

柏木がますます考え込む。突如《とつじょ》浮上した同棲案とはいえ、それもありかなと検討する顔だ。ごくりと唾《つば》を飲む。

(もしかすると、いけるかもしれないぞ——?)

近居《きんきょ》もいいが、同じ部屋で暮らせるなら、どれほど幸せだろう。

とはいえ、即決めできることでないのは、椎名も分かっている。なんとか色よい返事を得るために、次の休みの日、自宅マンションに柏木を招き、プレゼンテーションすることにした。

「別に大丈夫ですよ？　侑さんちの間取りは、把握してますから」

「ったくもう。つれないことを言うなよ。脳内で間取り図を描くより、実際に見るほうがいいだろ。おうちデートのつもりで来てくれたらいいから。な？」

このチャンス、逃してなるものか。——椎名の身の内で闘志が滾《たぎ》る。

総務課に所属していると、プレゼンする機会などまずない。慣れないながらも、しっかりと頭のなかでアピールポイントを組み立てる。もちろん、掃除や片づけも念入りにした。

約束どおり、土曜日の昼下がりにやってきた柏木を、「ようこそ！」と笑顔で迎える。

「お疲れさまです。今日はテンション高めですね」

「そりゃ高いさ。俺のプレゼン能力で未来が決まるんだから」

部屋の間取りは、２ＬＤＫだ。まずはダイニングキッチンに案内する。

無駄に広いので、バランスをとるために四人用のダイニングテーブルを置いているのだが、二人暮らしを想定するならちょうどいい。システムキッチンはＬ型で、こちらも二人同時に使えるくらいの余裕がある。

「見てくれ、このレンジフードを。君のところの換気扇《かんきせん》は、昔ながらの紐《ひも》で引っ張るやつだが、うちのはスイッチで稼働《かどう》する。風量調節は五段階。結構パワーがあるから、煙草の煙だってす

いすい吸い込むぞ」

「ええっと、はい、知ってます。侑さんちにお邪魔するときは、いつもここで煙草を吸わせてもらってますから」

「知ってる、知らないじゃなくて、住む前提で見てもらえるとありがたいんだがなぁ」

口では言ったものの、細かいことはよしとする。強引にプレゼンテーションに持ち込んだのは椎名だし、同棲に前のめりなのも椎名のほうだ。柏木に少しでも前向きに検討してもらえるように、普段は見せない収納もすべて開放した。

「この収納は武琉《たける》が使えばいいよ。カップラーメンが十個くらい入る。ほら」と、プレゼン用に購入したカップラーメンを実際に入れてみせたり、リビングではソファーの大きさを伝えるために、「こんな格好もできるんだぞ？　それからこーんな格好も！」と寝そべってみせる。

「侑さん、かわいすぎです。よかった、社内プレゼンじゃなくて」

「こら、笑いすぎだ。俺は芸をしてるわけじゃないぞ。ほら、君も寝転がってみてくれ。硬すぎずやわらかすぎないクッションで、なかなか心地いいソファーだろう？」

「あー、はい。確かに」

始終、苦笑いの柏木だったが、その表情に真剣味が加わったのは、書斎に案内したときだ。

「この部屋を君に使ってほしいと思ってる」

「えっ……？」

「君はマンガ家でもあるんだから、作業用の部屋が必要だろう？　正直、この書斎はほとんど使ってないんだ。仕事を持ち帰ることなんて滅多《めった》にないし。俺のデスクをリビングか寝室に移動させれば、まるっと空《あ》く」

　ここに来てようやく、同棲にかける椎名の思いが伝わったらしい。柏木が真面目な面持《おもも》ちで、部屋の設《しつら》えを確かめていく。

「広いですね。それから採光《さいこう》もいい。あ、クローゼットもしっかりあるんだ。本当にこの部屋を丸々使っていいなら、すごく助かるし、ありがたいです」

　よかった。理想の未来に一歩近づけた。

　次は寝室だ。決定打を打つべく案内しようとしたとき、「だけど——」と柏木が言う。

「俺と侑さん、ライフスタイルにかなりちがいがあると思うんです。俺は自炊もろくにしないし、掃除も大雑把《おおざっぱ》だし。いま以上に二人の時間をとりたい思いはあるんですが、だからといって、同棲するのは早計《そうけい》なんじゃないかなと。お互い無理しないと、続かない気がします」

　——ズバリ、言われてしまった。

　呆然とする椎名の前で、柏木が頭を下げる。

「わざわざプレゼンしてもらったのにすみません。同棲はいますぐじゃなくて、いつかそのうちってことにしませんか？　俺はまず、二人にとって心地のいい距離感を探っていきたいです。いっしょに過ごしたいのは、俺も同じですから」

誠実な返答だと思う。

きっと柏木は柏木で、今日に至るまで、同棲について真剣に検討したのだろう。椎名が浮かれ気味だったからこそ、早めに答えを出さなければと思ったのかもしれない。

いつもの椎名なら、「そっか」と目を伏せて、柏木の出した答えを受け止める。俺としたことがはずかしいな、夢見るあまり、暴走してしまった、と。

けれど、このとき口から迸《ほとばし》ったのは、素直な自分の感情だった。

「嫌だ。俺は同棲したい」

声にした瞬間、柏木がわずかに目を瞠《みは》る。

「ライフスタイルのちがいなんか、君に言われなくても分かってる。俺は丁寧に日々を過ごしたいから、こまめに料理したり、掃除したりしてるだけだ。趣味みたいなもんだよ。恋人にそれを強要しようとか思ってない。君は君で、自分のペースで暮らしてくれたらいいんだ」

「それだとお互いバラバラじゃないですか。同棲する意味がないでしょう」

「ないことない！　ある！　大ありだ！」

感情が昂《たか》ぶったせいで、声が滲《にじ》んでしまった。

落ち着けと自分に言い聞かせて、壁に背中を預ける。

どうにか平常心をとり戻そうにも、鼓動がなかなか鎮《しず》まらない。それほど強く、二人で暮らす未来に恋焦《こ》がれていたのだろう。大きく息を吸い、そして吐き、何度も両手で自分の顔を擦《こす》りあげる。

「さびしいんだよ……」

わななく唇から、ついに本音がこぼれた。

うつむき、床を見る。

柏木と目を合わせるのが怖かったわけではない。包容力のある年上の上司——理想とする自分の姿が、ほろほろと崩れていくさまが怖かった。

「ときどき、まったく会えない週末があるだろう？　君の副業が忙しくて。俺はずっと物分かりのいい恋人のふりをしてたけど、実のところ、すごくさびしかった。いや、マンガ家としての君を応援してるのは本当なんだ。ただ、うまく折り合いがつけられなくて」

言うつもりのなかった気持ちが、ぽつりぽつりと声になる。

抱え込んでいたものをすべて手放せば、楽になれるだろうか。楽になったところで、幻滅《げんめつ》されてしまったら、意味がないのだが。

ちらりと思ったせいで、今度は柏木を見るのが怖くなった。

「なんていうか、俺がそこら辺の草木だとすると、君は太陽でもあるし、雨でもあるんだ。だからまるで会えないとなると、俺は弱ってしまう。本当にしおしおになるんだ。だって、またあらたな一週間を過ごさないと、恋人の君には会えない。部下としての君には会えるけど。もし、二週続けて君に会えないとなったら、俺は声を上げて泣く気がする」

頑《かたく》なに床に視線を置いているせいで、柏木がどんな表情をしているのか分からない。

「そんなに……？」と訊き返す声がかすれていたので、少なからずショックを受けているだろうことは伝わった。

なんだか申し訳なくなり、「ごめん」と謝る。すぐに「いえ」と返ってきた。

「すみませんでした。さびしい思いをさせてるのは分かってたんですけど、まさかそこまでとは思ってなくて。侑さんの懐《ふところ》の深さに甘えてました」

「やめてくれ。君が悪いわけじゃないよ。忙しかったり用事があったりで会えないのは、当たり前のことだ。俺も頭では重々承知してる」

にもかかわらず、さびしさが募《つの》るから、困っているだけだ。

ひとつ、息を吐く。まだ震えている。もう一度息をする。少しマシになった。

泣き言を言いたくて、柏木を部屋に招いたわけではない。「なあ、――」と顔を上げる。

「一生のお願いだ。同棲の夢、叶えてくれないだろうか」

や、でも、などと口ごもられたら、心が折れてしまう。返事を待たずに続ける。

「俺は日常のなかで君を感じられる生活がしたいんだ。どんなに忙しいときでも、君は何か食べたり飲んだり、煙草を吸ったりするだろう？　同じ部屋に住んでれば、キッチンやリビングで顔を合わせるじゃないか。少しでも君に会えるなら、俺のさびしさは消えると思う」

それから、もうひとつ。

やきもち焼きを表明するようでためらったが、いまさらだろう。思いきって声にする。

「あと、君に女性を近づけたくないっていう思いもある。特に二〇二号室のママさんのような人。彼女とは早急に切り離したい。あんなふうに毎日武琉が迫《せま》られてるんだと思うと、そわそわする」

「侑さんが嫉妬するような相手じゃないですよ。ただの迷惑な隣人です」

「分かってる。だけど割り切れないいんだ」

まるで駄々っ子だ。柏木も同じことを思ったのかもしれない。困ったように笑うと、側《そば》へやってきた。遠慮がちに伸びた腕が、椎名をやわく抱きしめる。

おそらく柏木はいま、いろんなことを考えている。

すみません、やっぱり無理です——そんな答えを出される前に、どうにかして気持ちを引き寄せたかった。

「俺は同棲に特別な何かを望んでるわけじゃない。ただ、うちに住んでくれるだけでいいんだ。さっきも言ったとおり、仕事部屋は用意する。俺が生活費を持つし、家事だってする。一人分が二人分に増えたところで知れてるし。君に負担を強《し》いる気はいっさいないよ」

ふっと体を離された。

眉間《みけん》に皺《しわ》を寄せた柏木が、「お断りします」と強い口調で言う。

好条件だと思い込んでいたので、即断られるのは想定外だった。「ど、どうして」と眸《ひとみ》を揺らす。

「どうしてって、それだとただのヒモじゃないですか。俺、侑さんに養われる理由なんてないですよ。同棲するなら家賃を含め、生活費は折半《せっぱん》、家事は分担制。それが基本でしょう」

確かにそうかもしれない。けれど、何もかも等分したスタイルが、自分たちに合っているとはとても思えなかった。

「意地悪なことを言わないでくれ。そんな同棲生活、君にどんなメリットがあるっていうんだ」

「メリットがない？　なぜそんなふうに思うんです？」

挑《いど》むような眼差《まなざ》しを向けられ、怯《ひる》んでしまった。

「だ、だって、君は本業と副業で忙しいし、家事だって得意じゃないだろう？　その上、俺は上司じゃないか。職場も同じなのに私生活までともにするのは、いくら恋人でもきついんじゃないかと思って」

声にした途端、また新しい皺が柏木の眉間に刻《きざ》まれる。

気に障《さわ》ったということか。けれどそれほどおかしなことを言ったつもりはない。椎名は誰しも思うだろうことを口にしただけだ。

どう解釈していいのか分からず戸惑っていると、一歩踏み込まれた。

「あのですね、侑さん」

「は、はい」

「確かに俺はダブルワークだし、家事も侑さんほどできるわけじゃありません。だからといって、俺にメリットがないって言い切るのは、俺に対して失礼でしょう。特に上司と私生活をともにするのはどうたらってやつ。俺は上司と部下の関係を超えたい、プライベートの侑さんをひとり占めしたくて、好きだって告白したんですよ？　そこ、理解してます？」

はっとする。

柏木が何に腹を立てているのか、なんとなく分かってきた。

「侑さん。折半と分担がベースの同棲でも、俺にはメリットがあります。俺だってあなたといっしょにいたい。日常生活のなかで侑さんを感じることができれば、俺にとってもそれは、最高の日々になりますから」

そうだ、そうだった。柏木は一途《いちず》に椎名を追いかけ、求めてきた男だ。忘れていたわけじゃない。この心が少し臆病《おくびょう》になっていただけだ。

「悪かった。君の想いを踏みにじるようなことを言って。さっきの発言は取り消すよ」

「ほんとに？　俺の気持ち、ちゃんと分かってます？」

「分かってるよ。ついつい世間一般の人が考えそうなことを言ってしまっただけだ」

ようやく柏木の表情がやわらかくなった。目許《めもと》に椎名の大好きな笑みが浮かんでいる。

「ま、いいです。おあいこってことで」

「……おあいこ？」

「だって侑さんが病むほどさびしいとか、全然思ってなかったから。知ってたら、同棲のお誘いをにべもなく断ったりしませんよ。むしろ、俺が言います。いい機会だから、いっしょに暮らしませんかって。俺は引っ越ししたくて、侑さんはさびしくてつらい。それなら、同棲するのがいちばんでしょう。どっちの問題も一発で解決します」

おどろきすぎて、「え……」と訊き返した声に吐息がまじる。

鼓動が駆け足になり、ついていけない。柏木は確かに言った。長い科白《セリフ》のなかで、いい機会だから、いっしょに暮らしませんか、と。

「お、俺は、あの、どう受け止めたらいいのかな」

「そのままです。二人で暮らしましょう。俺は、あなたにさびしさを味わわせる男にはなりたくありません」

うれしさや安堵《あんど》、その他諸々《もろもろ》の感情が一気に押し寄せてきた。

感情はときに台風並みの風になるのか。強風に煽《あお》られて、すぐに言葉が出てこない。

だからといって、この沈黙をためらいだと勘ちがいされては困る。柏木が差しだしてくれた幸せをいますぐ摑んでおきたくて、うなずく。何度も力強く、うん、と。

「よかった。じゃ、同棲ってことで。早急に引っ越し業者を探します」

「あ、ああ。俺も書斎を空けておく。いつでも君がここで暮らせるように」

「ありがとうございます。ていうか、そのときは手伝いますよ。ひとりじゃ、デスクを動かせないでしょう」

「あ、そっか。そうだな。ありがとう」

夢心地で見つめ合うなか、抱きしめられた。

たくましい腕のなかで息をする。何度か深呼吸すると、乱気流のようだった気持ちがじょじょに凪《な》いできた。ふっと笑って見上げると、柏木も同じように笑ってくれる。

「なんかいろいろとすみません。喧嘩っぽくなってしまいましたね。プレゼンしてる侑さん、にっこにこのハイテンションですっげかわいかったのに。あの笑顔のまま、話がまとまればよかったのになって」

おどろいた。終わりよければすべてよしだろうに、そんなことを気にするとは。

「ふうん。君は意外にナイーブなんだな」

端整な顔を見つめながら、少し考える。

「じゃ、せっかくだからプレゼンの続きをしようか。まだ寝室が残ってるし」

柏木は勘がいい。寝室というワードから、何かを感じとったのだろう。おっ、と言いたげな顔をすると、分かりやすいほど口許をほころばせる。

「ぜひ。お願いします」

寝室は書斎の向かいになる。仲よく手を繋《つな》いで数歩の距離を歩く。

言うまでもなく、柏木は何度も泊まりに来ているので、いまさら説明することはない。それでも事前に練ったプレゼンどおり、「ここが寝室だよ」と笑顔で扉を開ける。

「ほーら、見てくれ、この立派なベッドを。君も知ってるとおり、キングサイズだ。大人二人でも、ストレスフリーで眠ることができる。生きていく上で睡眠はとても大事だから、疎《おろそ》かにはできないよ。俺はいつもこんな感じで寝てるんだが――」

言いながら、椎名はベッドへ上がり、体を投げだす。

「な？　俺が寝転がっても、こーんなにスペースがある」

柏木が「ですね、はい」とうなずく。

ただし、肩が小刻みに揺れている。笑いを噛み殺すのに必死なようだ。

「さあさあ、君も寝転がってみて。マットレスもいいやつなんだ。……こら、にやにやするんじゃない。こっちがはずかしくなるだろ」

「いや、だって――」

ついに柏木が噴きだした。

おかしくてたまらないといった様子で、椎名のとなりに体を横たえる。

「最高のプレゼンだなと思って。俺をベッドに誘うまでがセットなんだ」

「だって恋人同士の同棲なんだから、寝室は大事なポイントだろ？　たとえ君が同棲に後ろ向きでも、こうして俺と並んでベッドに横になれば、気が変わるかもしれないし。ここで決定打を打つつもりだったんだ」

話している最中、さりげなく柏木が体勢を変えた。

上にのしかかられ、こく、と小さく唾を飲む。

「侑さんと暮らすの、楽しみだな。決めたからには、幻滅されないようにがんばります」

「しないよ、幻滅なんて。君のライフスタイルは、だいたい想像ついてるから」

「あまり甘やかさないでくださいね。俺、すぐ調子に乗るんで」

笑いながら、柏木が顔を近づけてくる。

あと三ミリ——唇と唇が触れる手前で止めたのは、わざとだろう。どうしてと一瞬、眸を揺らしたのを、柏木は見ている。おそらく確かめたのだ。このままセックスに持ち込むのは、ありなのかナシなのか。

そんなの、ありに決まっている。

おかげで二秒後に唇が重なったときにはすでに昂ぶっていて、自然と柏木の背中に腕をまわしていた。

「……ん……っ……」

重ねる角度を変えて、甘く濡れた舌を何度も味わう。

先週は修羅場《しゅらば》で会えなかったので、抱き合うのは久しぶりだ。

気持ちが先走り、たくましい体に脚まで絡《から》ませる。きっと欲しいのはお互いさまだ。火のついた速度もおそらく同じ。柏木はいつもより性急で、貪《むさぼ》るように口づけながら、右手を椎名のニットのなかにもぐらせる。

「ぁ……は……」

肌が期待に喘《あえ》ぐ。普段はあまり感じない、心臓の力強さがすごい。柏木の手のひらが素肌を滑《すべ》るだけで、ぐっとうねるし、鼓動も速くなる。おかげで水辺で溺《おぼ》れているんじゃないかと思うほど、呼吸が不規則になる。

「待って……脱ごう、もう」

どうせなら、肌と肌が触れ合うほうがいい。

名残惜《なごりお》しさをこらえて体を離し、ニットを脱ぎ捨てる。続けてデニムパンツに手をかけたとき、はたと思いだした。

思いだした以上、脱ぐのに躊躇《ちゅうちょ》してしまい、ひとりベッドの上で固まる。

一足先に裸になった柏木が、椎名の様子に気がついた。「どうしたの？」と訊きながら、体を寄せてくる。

「ええっとその……ちょっと後ろを向いててくれないかな」

「え、なんで？」

「いいからいいから。別に焦《じ》らすわけじゃない。すぐだよ」

柏木は腑《ふ》に落ちないようだったが、それでも素直に背中を向けてくれた。

よし、と唾を飲み、デニムパンツを下ろす。

ただし、下着はそのままだ。ウエストや股《また》のラインを念入りに整えてから、そろりとシーツの上に仰向《あおむ》けになる。

「もういいよ。お待たせ」

振り向いた柏木が、椎名の下着に目を落とす。

「あ、見たことないやつだ。ビキニ？」

「……っぽく見えるだろう？　でもビキニじゃないんだ。ま、脱いでもよかったんだけど、プレゼン用に買ったものだし、せっかくだから君にご披露《ひろう》しようかなと思って」

「プレゼン用？」

この下着の魅力は、バックにある。

仰向けから四つ這いに体勢を変えると、柏木が「あっ」と声を上げた。

「ちょっ……！　ジョックストラップじゃないですか」

「おー、よく知ってるな。それそれ」

メンズ下着のサイトを巡っていたとき、初めてジョックストラップなるものを知った。

フロントのデザインは、ビキニやTバックとさほど変わらない。けれど、バックがとにかく大胆で、尻がほぼ丸出しなのだ。Oバックよりデザイン性が高いし、人生をかけたプレゼンなのだから、このくらい気合いを入れてもいいんじゃないかと思い、購入した一枚だ。

「侑さん……。そんな下着で、いったいどんなプレゼンをするつもりだったんですか？」

「どんなって――」

あらためて訊かれると、少しはずかしい。枕を引き寄せ、抱きかかえる。

「まずはその……君にベッドの広さを確かめてもらうだろ？　そこまではさっきプレゼンしたとおりだ。だけど恋人同士にとって、ベッドは睡眠をとるだけの場所じゃない。さあ、何をする場所でしょう」

「……言わせないでください。セックスでしょ」

「はい、正解。俺はいそいそと服を脱ぐ。で、このお尻を君に見せて、とどめを刺すわけだ」

端折《はしょ》りすぎたらしい。柏木が「はあっ？」と素《す》っ頓狂《とんきょう》な声を出す。

「だからー、同棲するんなら、書斎を君の仕事部屋にしたいって話したじゃないか。で、書斎と寝室は、ドア・トゥー・ドアで約十秒。平日の夜中だろうが修羅場中だろうが、君はいつでもこのお尻にかぶりつける。どうかな、武琉、なかなか魅力的な物件だろう？　――みたいなプレゼンだよ」

この流れを思いついたときは、我ながら冴えてるぞ！　とひとりで興奮したのだが、実際にやってみると、直球すぎて身も蓋《ふた》もない。

ちらりと背後に目をやる。柏木が頭を抱えているのが見えた。

「あっぶねえ……侑さんそれ、プレゼンじゃなくて罠ですから」

「罠？」

「それもイノシシとか捕まえるでかいやつ。書斎で話がついてまじでよかったです。このお尻を見たあとに、じゃ、同棲しましょうって言えると思います？ いや、言いますけど！ でも言ったら言ったで、俺が最低最悪のくそ野郎になるじゃないですか。俺は侑さんの体が目当てで、同棲を決めたわけじゃないのに。いや、大好きですけどね、体のほうも！」

柏木は結構真面目なところがある。

へえ、そんなにやいやい言うほどのことなのかと、新鮮な気持ちで受け止める。

「大丈夫だよ。俺は気にしないから。色よい返事がもらえるなら、場所もタイミングも二の次だし、君のことを最低最悪とも思わない。——それよりも、だ」

ジョックストラップで四つ這いという、椎名にしては大胆な格好をしているというのに、いつまでこの尻を室温にさらす気なのか。キスくらいはしてくれないと、からっからに干《ひ》からびるだろうがという思いを込めて、もじ、もじっと、尻を左右に揺すってみせる。

「なあ、俺の尻にかぶりつきたくならないのか？ 君がいつもきれいだとか最高だとか言うから、気合いを入れたのに。真に受けた俺が馬鹿だったたってオチじゃないだろうな。いたってふつうのボクサーパンツがいいなら、穿《は》きかえるけど？」

「いえ、そのままで！」

力強く返され、思わず笑ってしまった。おまけとばかりにもう一度、尻を振ってやる。

柏木が「はあ……」と息をつき——呆れたのではなく、感嘆の息だと思いたい——、ようやく椎名の双丘《そうきゅう》を手のひらで包む。

「っとに、これが俺の上司とか、信じられないです。プライベートで侑さんに会うたびに、とどめを刺されてる気分です。付き合う前からずっと」

「なんだ、君は瀕死《ひんし》だったのか。それなら——」

プレゼンでとどめを刺す必要はなかったなぁと、冗談っぽく返そうとしたとき、尻肉にかじりつかれた。

「あ……っ」

甘噛みだ。がしがしと歯を立てて、尻肉の弾力を味わい始める。

手を出してこない柏木に焦れて、『俺の尻にかぶりつきたくならないのか？』と水を向けたのは椎名でも、本当にかじりつかれるとぞくぞくする。たわみを舐《な》めあげる舌や、跡が残るほど強く吸いつく唇、唾液《だえき》をすする音にも高められる。

「大好きです、侑さんのお尻。きれいで最高って言葉、真に受けてもらって大丈夫ですよ。俺はプライベートでお世辞は言いません」

「……ま、また、そんな……っあ、……んぅ」

尻肉の狭間《はざま》には、愛《いと》しいアナルがある。前には、下着に包まれたペニス。

果たして柏木は、どちらを先に攻めてくるだろう。

期待に頬を上気させていると、腿《もも》の間から手を差し入れられた。陰嚢《いんのう》の膨《ふく》らみを布越しに撫でられて、「はぁ……ぁっ」と甘い声が迸る。

「ころんころんですね。溜まってそう」

「あ、……んっ、あ」

やわく広がる快感がくすぐったくて、立てた膝《ひざ》が震える。

けれど物足りない。おそらく焦らされている。どうせ触るんなら、前を触ってくれよ——そんな心の声が体に表れた。自然と尻が前後に揺れる。

下手なおねだりだ。それでも柏木はうれしかったらしい。

笑みまじりの声で「こっち?」と訊くと、長い指でペニスの根元を辿《たど》ってきた。

「ひ、あ……!」

「すごい。ギチギチだ」

「や……、待っ……は……」

裏筋や亀頭《きとう》、オスの輪郭《りんかく》をくまなく確かめる手に、湿《しめ》った息がこぼれる。

先ほどの焦らしが効いて、いっそう昂ぶったのかもしれない。肉芯《にくしん》がぐぐっと隆起《りゅうき》したのが分かる。それから熱い滴《したた》り。下着のなかはすでに濡れている。

「あう……ふっ……ん」

尻をもじもじさせながら、いやらしい手つきを堪能《たんのう》していると、アナルに舌をあてがわれた。

襞《ひだ》をぐるりと舐められて、「あ、あっ！」と弓なりになる。

「ちょっ……そこは、は……ん、ぁ！」

「だめじゃないでしょ？　侑さん、ここがいちばん好きなのに」

そのとおりだ。柏木にはとっくの昔に暴《あば》かれている。

けれど、あからさまに唇を寄せられるのは、付き合って五ヵ月経《た》ったいまでも、一瞬戸惑ってしまう。心のなかでは大いに期待していたとしても。

ぎゅっと枕を抱きしめる。

放射状に広がる襞を舌で辿られた。びくっと体を震わせた拍子に、尾《び》てい骨《こつ》の辺りまで舐めあげられる。

「ん……っ」

なんだか今日は、いつもよりねちっこい。椎名の好きな場所だからサービスしているのかと思いきや、そうではなさそうだ。ときどき柏木の、乱れた息が尻肉にかかる。

（ああ――どうしよう、こんな……）

ノンケだったはずの柏木が、このアナルで興奮している――。

ジョックストラップの効果か、それとも久しぶりのセックスだからか。最初の戸惑いはどこへやら、うれしくて頬の火照《ほて》りが引かない。

たったひとりで愛し育ててきた場所を、恋人にもとことんかわいがられる幸せ。せめて慎《つつ》ましくあろうとするのに、執拗《しつよう》に舐めすする唇に翻弄《ほんろう》されて、肉の環《わ》がほどけてしまう。

柏木がそれを見逃すはずがなく、ぬぷっと舌先を捻《ね》じ込まれた。

「ひ……ぁっ……！」

背徳感と羞恥心《しゅうちしん》、そして肌が粟立《あわだ》つほどの快感。いろんなものに揉《も》みくちゃにされて、びくびくと腿が震えた。その腿を片手で押さえ込んだ柏木が、さらなる奥へ侵入を試《こころ》みる。

「た……ちょ、深い、って！」

思わず振り向く。が、返事はない。

奥にとっておきの蜜《みつ》でもあるのか。そう訊きたくなるほどの動きで肉孔《にくあな》を舌でほじられ、顔から火を噴きそうになる。

「だ、だめだよ……あっ、はぁ……っ」

指でもペニスでもない。舌でこれほど感じるとは思わなかった。

高まった愉悦《ゆえつ》の波に、理性を覆《おお》い尽くされる。下着越しにペニスをさすられると、もうだめだった。「あっ……！」と甲高《かんだか》い声を放ち、絶頂のきらめきを受け止める。それでも止《や》まない抜き差しに、かすれた声で啼《な》き乱れる。

おかげで柏木が舌を抜いたときには、息も絶え絶えだった。

「侑さん、かわいい。俺のべろでイッたでしょ」

「……ん、も……」

君がねちっこく攻めるからだよと言いたかったが、息をするのが精いっぱいで、言葉にできない。奥まで舌で嬲《なぶ》られたはずかしさもある。汗ばんだ顔を枕に埋《うず》めて、肩を上下させていると、柏木が後ろから覆い被《かぶ》さってきた。

まわり込んだ手がジョックストラップのフロント部分を撫でる。

言うまでもなく、ぐしょ濡れだ。小さな布きれでは受け止めきれなかった分が、股の間から染みだしている。

「気持ち悪くないですか？　どろどろで」

「あ、まあ……」

「もう少し我慢してください。今日は正直、脱がしたくないです。すごくセクシーだから」

こめかみにかかる弾《はず》んだ息と、セクシーだからという言葉にどきっとした。

柏木の言動ひとつで、いつも椎名はその気になる。これが惚れた弱みというやつか。放ったばかりだというのに、あっという間に張りつめた欲望が苦しい。

「ん……全然いいよ。武琉に興奮してほしくて……選んだものだから」

コンドームやローションは、ヘッドボードに常備してある。

腕を伸ばした柏木がゴムをとった。続けて、ローション。パチッとキャップの開く音にすら、鼓動が色めき立つ。

四つ這いのスタイルで待っていると、尻の割れ目にローションを塗られた。

「は……ぁ……」

やっとあの剛直《ごうちょく》を頬張《ほおば》れるのかと思うと、期待で胸がはち切れそうになる。

最初に入ってきたのは、指――おそらく中指だ。「っ……！」と息をつめたのは一瞬で、すぐに心地好さに支配される。

「すごいですね、締めつけが。舌と指、どっちが気持ちいいです？」

「ふ、ぁ……っ……どっちもだよ、選べない……君だって分かるだろう……？」

――椎名のアナルが恋人の指に大興奮していることを。

くすんだ桃色の唇だ。純情そうな佇《たたず》まいとは裏腹に、なかなかの業突《ごうつ》く張《ば》りで、一度咥《くわ》えたらけっして離さない。続けて差し込まれた二本目にもしゃぶりつき、ふしだらに蠕動《ぜんどう》する肉襞でぴたりと覆ってやる。

歓迎のキスだ。それもかなり熱烈な。

背後でため息が聞こえた。

「っとに、どうして毎回毎回、俺から余裕を奪うんですか」

「……ぁ……？」

もしや、不満をぶつけられたのだろうか。

まったくもって心外だ。俺のアナルは、君の指にはしゃいでるだけだぞ？　と言ってやるつもりで振り向いたとき、指を抜かれた。

かわりに滾りきったものを捻じ込まれ、「は……あぁ……！」と悲鳴を上げる。

「お仕置きです。侑さんのアナルは、破廉恥《はれんち》なので」

まさかこうも早々に大本命に貫《つらぬ》かれるとは――。

腰骨を摑んだ手に容赦《ようしゃ》なく揺さぶられ、見開いた眸に火花が散る。

お仕置きというのは、おそらくゴムなしのことだ。だらしなく蕩《とろ》けた肉襞に直《じか》に伝わる、熱さと硬さ。思えば柏木はまだ一度も達していない。血管を浮かせた怒張《どちょう》に繰り返し掘られ、椎名のアナルがあられもなく喘ぐ。

「ま、待ってくれ……！　ちょっ、もっとゆっくり……！」

「待てるわけないでしょう。こっちの身が持ちません。今日はかなりじっくりめに、侑さんのペースに付き合ってきたつもりです」

「ひゃあ……ぁ……っ」

こんな、悦《よろこ》びにまみれたお仕置きがあっていいのか――。

ちょっとしたデザートどころの話ではない。三つ星レストラン並みのごちそうだ。どうせなら初々《ういうい》しく頰を染めて、いただきますと手を合わせてから、ゆっくり味わいたかった。

浅いところを馴染ませたのも束《つか》の間、奥へ突き入れる――その衝撃に息ができない。

沸点《ふってん》超えの欲情をまざまざと教えられ、意識が遠のきそうになる。だからといって、久しぶりのごちそうを頬張っている最中に、気を失ってはいられない。爪の先が色をなくすほどシーツを握り、オスの情動を受け止める。

「は……ぁっ、ん……」

眩《くら》むほどの快感だ。やわい粘膜を怒張で擦られるたび、まぶたの裏が染まる。真っ白だったり、花の色だったり、ときにはちかっと光が弾《はじ》けたり——。

繋がっているところはひとつなのにもかかわらず、全身で柏木武琉という男を呑み込んでいる気分だ。噴きでた汗で肌がぬめる。霧雨《きりさめ》にあたったかのように。言葉にならない喘ぎがいくつも迸り、ただただ、弓なりになる。

「侑さん——」

柏木が体を倒してきた。

汗ばんだうなじに唇を這わされる。

その口づけと吐息の熱さで分かってしまった。椎名にとって体の触れ合いがごちそうなら、柏木にとってもごちそうなのだと。

力の入らない腕をなんとか後方へ伸ばし、愛しい男の頭を抱き寄せる。

甘えるように鼻の頭を擦りつけられた。

「もう、侑さんのなか、すごいです。いつものことだけど。……搾《しぼ》りとられそう」

「いいよ……なかで出して。俺も欲しいから」

「またそんな、煽るようなことを――」

呆れた口調で言いつつも、実のところ、滾ったらしい。みっちりと椎名の肉筒《にくづつ》を満たしていたオスの証《あかし》が、さらに質量を増す。

「ひ……あっ、あ……！」

再び始まった抽挿《ちゅうそう》は、快楽の芽に狙いを定めたものだった。

体を貫く電流のような刺激に、背中が大きく反《そ》り返る。肌を伝う汗とともに、どろどろに融《と》けてしまいそうだ。待ってと訴えることもできず、母音ばかりの喘ぎを放ち、下着のなかで漲《みなぎ》りを解放させる。

「はぁ……ぁ……ん」

だが、快感の波は引かない。むしろ、嵩《かさ》を増した気がする。イキっ放しになったのかもしれない。涸《か》れることのない泉のように、熱い愉悦《ゆえつ》が腰の奥から湧きあがる。

「ああ……すごい……また、イキそうだ――」

二人でするセックスは、どうしてこうも豊かなのか。

うっとりと目を瞑《つむ》り、官能の海に身を委《ゆだ》ねる。椎名は受け入れる側なので、貫き攻める側の心地好さは分からない。けれど、椎名の背中やうなじには、柏木の荒い息が引っきりなしにかかっている。ということは、相当感じているのだろう。

七つも年下の部下をこのアナルで喘がせているのかと思うと、椎名の男心――いや、メス心

か──に火がついた。なけなしの力を振りしぼり、尻を淫《みだ》らにくねらす。

咥えたものを最奥《さいおう》へ誘い込む動きだ。柏木が息を呑む。

「勘弁してくださいよ、いやらしすぎです。こんなじゃ、全然お仕置きになんない……ていうか、俺がお仕置きされる側になってません？」

「馬鹿、ちがうよ。俺はもっともっと……ぅん、はぁ……武琉を感じさせたいんだ。俺なしじゃ、いられなくなるように」

声にした瞬間、柏木が椎名の耳の尖《とが》りに嚙みつく。

「っあ！」

「──もう、なってるから」

力強い手が椎名の腰骨を抱き直す。

「はうっん……ん……！」

スピードを増した抽挿に、意識をさらわれた。

視界が官能一色に染まる。鮮《あざ》やかで眩しくて、咲き誇《ほこ》る花のようなのに、なぜか泣きそうになる。柏木の短い返しに、胸がいっぱいになったせいかもしれない。余計なことは何も考えられないし、自分がどんな声を上げているかも分からない。

それでも思う。ああ、俺はこんなに求められてるんだな、と。

恋人同士のセックスには、幸せがつまっている。

「あ、あっ……！」

絶頂の気配に腰骨が痺《しび》れた。いつもより深くて甘い。未知の領域に達した快感は、椎名の下着をしとどに濡らし、柏木もまた熱液《ねつえき》を放つ。

「はぁ……あ」

奔流《ほんりゅう》のようなそれを感じながら、シーツの上に倒れ込む。四つ這いの姿勢が長すぎて、限界だった。少し遅れて柏木も横たわり、二人並んで荒い息をする。

お互い、汗まみれだ。顔を見合わせて少し笑う。

ぐっしょりと重くて生温かいジョックストラップは、柏木が脱がしてくれた。椎名は指の一本すら動かせないほど疲弊《ひへい》していたので、されるがままだ。

「何回イキました？」

「分からない……三回以上なのは確かだよ」

下着のなかは、想像以上の有様だったらしい。柏木が苦笑いしている。

「あとで俺が手洗いします。穿かせっぱにしてたから」

「うん――」

だめだ、いまになって意識が途切れ途切れになってきた。

情熱的なセックスと、同棲の約束をとりつけた喜びが、睡魔を連れてきたのだろう。どうにかこうにか、柏木のほうへ寝返りを打つ。

「大丈夫ですか？　しんどい？　乱暴だったかな」

「ちが……眠くて。実は昨夜《ゆうべ》、ほとんど寝てないんだ。プレゼン前で気負ってたから」

「あ、なんだ。寝てくれて全然いいですよ。侑さんが起きるまで、ちゃんと側にいます」

大きな手が椎名の後ろ髪を撫で始める。

休日限定だった幸せが、近い将来、日常生活に織り込まれるのだ。

引っ越しはいつにしようかとか、せっかくだからペアの食器を揃えてもいいかなとか、どうせなら部屋着もお揃いにするかとか、話したいことが山のようにあったが、目覚めたあとの楽しみにとっておくことにする。

どうしよう、うれしくてたまらない。椎名は微笑《ほほえ》んだまま、眠りに落ちた。

＊＊＊＊

それから一ヵ月――。

念願叶って、柏木との同棲生活が始まった。

引っ越し業者にとって、三月と四月は最大の繁忙期《はんぼうき》だ。土日に引っ越しするなら、初夏まで待たないと無理なんじゃないかと思っていたが、通常の引っ越しのように、生活空間をまるっと移動させるわけではない。柏木は、アパートで使っていた白物《しろもの》家電や家具などをほぼ処分する方向で見積もりをとったので——すなわち、運ぶ荷物が少ない——、第一希望の日にすんなり引っ越しすることができた。

「侑さん、これからどうぞよろしくお願いします。やっぱり同棲は無理かもとか言われても、俺にはもう帰るところがないですから。離れませんよ？」

引っ越しを終えた夜に、冗談っぽく告げられた言葉が忘れられない。

「望むところだ。俺だって離さないよ」

椎名は頬を上気させて柏木に飛びつき、柏木もしっかり抱きとめてくれた。

アパートの部屋の掃除や、処分品の片づけがまだ残っているが、数日で終わるだろう。もちろん、椎名も手伝うつもりでいる。

世間は春爛漫《らんまん》。この心も爛漫だ。

二人分の朝食の支度を済ませると、椎名は笑顔で寝室の扉を押し開く。

「武琉、朝ごはんができたよ。そろそろ起きる？」

まるで新妻の科白だ。自分で言っておきながら照れてしまい、ひとりで身悶《みもだ》えする。

ちなみに柏木は現在、修羅場中だ。言わずもがな、痴情《ちじょう》のもつれのほうではなく、締切に追われているほうの修羅場だ。年度末と年度始めは、総務課の業務も立て込むし、引っ越し作業もあったため、原稿が遅れているらしい。昨夜も三時くらいまで仕事部屋にこもっていた。

「んー……」と大きな体が寝返りを打ち、椎名のほうを向く。

ただし、目は開いていない。

「……何時……?」

「六時半。シャワーを浴びないんだったら、あと二十分寝られるよ。寝る?」

「……起きる。侑さんといっしょに朝メシ食いたい」

やっとまぶたが持ちあがった。

目が合う。たったそれだけでうれしくなり、「おはよう」と微笑む。

「おはよ」

起きあがるついでに抱き寄せられて、額《ひたい》に軽く口づけられた。

朝食を作ったといっても、週のど真ん中だ。たいしたものではない。トーストと野菜スープにプラスして、常備菜《じょうびさい》を少しずつ盛ったプレートをひとつ。今日は蒸し鶏《どり》と、カシューナッツ入りのマヨサラダ、トマトの甘酢《あまず》漬けをチョイスした。

「あ、すごい。今朝もごちそうだ」

ダイニングへやってきた柏木が、表情をパッと輝かせる。

「いただきます」と互いに手を合わせて、箸《はし》をとったあとも、「やばい」「すごい」「まじでうまいです」を連発する。起きてすぐだというのに、気持ちのいい食べっぷりだ。

「君は苦手なものはないのか?　遠慮なく言えばいいよ。外すから」

「ないですね。子どもの頃はぎんなんが嫌いだったけど、いまは食べれるし。侑さんのごはんは、全部好きです」

こういうときに思う。料理の腕を育てるのは、食べる側の人間だよな、と。

もともと椎名は、自分が困らない程度にしか料理をしなかったのに、何を作っても柏木が喜んで食べるから、いつの間にか料理が得意になった。そのうち、丸鶏のローストチキンとか、尾頭《おかしら》付きの鯛《たい》でアクアパッツァとか、意気揚々《ようよう》と作りそうな気がする。

「ごちそうさまでした。うまかったです」

「どういたしまして」

食後の食器洗いは、柏木の担当だ。洗いものを終えると、柏木はシャワーを浴びるべく、バスルームへ向かう。

椎名も出社前にシャワーを浴びる派だったが、柏木とかち合うので、起床してすぐに浴びるようになった。さすがに朝は、バスルームでいちゃいちゃしていられない。髪を乾かしているときや、歯を磨《みが》いているときに、ちょっかいを出し合う程度だ。

椎名が出社の支度をほぼ終える頃、柏木はバスルームから出てくる。

鏡の前でネクタイのノットを整えていると、濡れた髪をタオルでごしごしと拭《ふ》きながら、横から覗かれた。

「おっ、今日も美人さん。侑さんから課長に変わりましたね。おはようございます」

「君はパンイチで上司に朝の挨拶《あいさつ》をするのか。おはようございますじゃないよ」

呆れたふうを装《よそお》って、眉を持ちあげる。——が、実のところ、うれしかった。

今日も美人さんという言葉だ。柏木は常日頃から何かと褒《ほ》めてくれるので、おのずと自分に自信を持てるようになった気がする。

料理の腕だけでなく、心のほうも伸びやかに育ててもらっているということだ。

恋をすると、こういう相乗効果も生まれるんだなと、柏木と付き合って初めて知った。鏡のなかには、去年の夏に生まれたばかりの自分が、すっと背筋を伸ばして立っている。

結局、呆れたふりを貫くことができなくて、ふふっと笑ってしまう。

「そろそろ俺は行くよ。君も遅刻しないように」

「了解です」

ビジネスバッグを手にして玄関へ向かうと、当然のように柏木もついてくる。

こういうところが年下の恋人らしくていい。椎名のことをしょっちゅう「かわいい」と言う柏木だが、君も十分かわいいぞ？　といつも思う。

「じゃあな。次は会社で。戸締まりよろしく」

「はい、気をつけて。俺ももう少ししたら、追いかけます」

やんわりと抱き合って、行ってきますのキスをする。

これこそが同棲の醍醐味《だいごみ》だろう。たまらず頬をほころばすと、柏木も笑っていて、うれしくなった。

扉の閉まる音を背中で聞いて、椎名はエレベーターホールへ向かう。

いざ、出社だ。課長モードの自分に切り替えなければ。

それでも心の華やぎがいたるところに反映されて、見慣れたエントランスの風景も、駅へ続くアスファルトの道も、きらきらと光を放っているように見える。さびしいさびしいと、ひとりでうじうじして、柏木のいない週末を過ごしていたのが遠い昔のようだ。

いまはもう、幸せしかない。

訊かなくても分かる。柏木も同じだと。

椎名は颯爽《さっそう》と歩きながら、心のなかで春の歌を口ずさむ。

AFTERWORD

あとがき

――彩東あやね――

こんにちは！「恋は不埒《ふらち》か純情か」、お手にとっていただき、ありがとうございます。

今回は恋とスケベの攻防、部下×上司のカップリングでお届けします。

ラブコメなのにもかかわらず、本篇はコロナ禍《か》での執筆だったため、すっごく書きづらかったのを覚えています。ライフスタイルが変わってしまったせいで、現代ものなのに異世界ものを書いているような違和感があって……。

あの頃に比べると、世の中もだいぶん落ち着いてきましたね。とはいえ、油断大敵。先のことは分かりませんが、安心安全で伸び伸びと暮らせる世の中になってほしいです。

リアルな話はさておきまして、書き下ろしです。

交際を始めて約五ヵ月。お互いのことはだいたい分かってきたけども、まだ言いづらいこともあって、というような時期のお話です。

椎名《しいな》は包容力のある大人の男であろうとしていますが、本当に包容力のあるのは年下の柏木《かしわぎ》のほうと思われるかもしれません。けれど柏木は、包容力があるというよりも、単に受け入れ可能ゾーンが広いだけです。

このちがい、分かっていただけるでしょうか。私のささやかな萌えポイントです。椎名はあまりごちゃごちゃ考えないで、心のままに振る舞ったらいいと思います。

柏木は、水瓶座《みずがめざ》の男です。本文には書いていませんが。水瓶座にしてはよくがんばっているほうだと思います。恋愛方面で。椎名はなんだろう、蟹座《かにざ》かな。うお座っぽいところもありますね。でもおそらく蟹座です。星座にお詳しい方は、いろいろと妄想してみてください。

イラストは、高階佑《たかしなゆう》先生に描いていただきました。

こんなにかっこいい二人が総務課にいたら、女子が殺到《さっとう》しそうですよね!? 私も本気で鹿南《かなん》物産で働きたいと思いました。いっしょに働きたいー! 二人をチラ見するばかりで、まったく仕事にならないかもしれません(笑)。高階先生、眼福《がんぷく》な二人をありがとうございます!

刊行にあたりまして、多くの方にご尽力《じんりょく》いただきました。いつもありがとうございます。

お手にとってくださった皆さまはもちろん、お手紙や雑誌のアンケートなどでエールを送ってくださる皆さまにも、心から感謝いたします。もう本当に皆さまの支えあってこそです。どうお礼を申し上げればよいのか分からないほど、たくさんの元気をいただいています。


あとがきまでお付き合いいただき、ありがとうございました。

不埒で純情な恋、楽しんでいただけますように。

二〇二三年　五月

この本を読んでのご意見、ご感想などをお寄せください。
彩東あやね先生・高階 佑先生へのはげましのおたよりもお待ちしております。

〒113-0024　東京都文京区西片2-19-18　新書館
[編集部へのご意見・ご感想] 小説ディアプラス編集部「恋は不埒か純情か」係
[先生方へのおたより] 小説ディアプラス編集部気付　〇〇先生

- 初 出 -
恋は不埒か純情か：小説DEAR+21年ナツ号（vol.82）
不埒な恋は花ざかり：書き下ろし

[こいはふらちかじゅんじょうか]
恋は不埒か純情か

著者：**彩東あやね** さいとう・あやね

初版発行：2023年6月25日

発行所：株式会社 新書館
[編集] 〒113-0024
東京都文京区西片2-19-18　電話（03）3811-2631
[営業] 〒174-0043
東京都板橋区坂下1-22-14　電話（03）5970-3840
[URL] https://www.shinshokan.co.jp/

印刷・製本：株式会社 光邦

ISBN978-4-403-52577-3